KU-720-263

Philippe Labro

Les gens

Gallimard

Philippe Labro, écrivain, cinéaste, journaliste, a publié aux Éditions Gallimard *Un Américain peu tranquille* (1960), *Des feux mal éteints* (1967), *Des bateaux dans la nuit* (1982). En 1986, *L'étudiant étranger* lui vaut le prix Interallié. En1988, *Un été dans l'Ouest* obtient le prix Gutenberg des lecteurs. Après *Le petit garçon* en 1991, Philippe Labro publie *Quinze ans* en 1993, puis, en 1994, *Un début à Paris*, qui complète le cycle de ses cinq romans d'apprentissage. En 1996 paraît *La traversée*, un témoignage sur une expérience de mort approchée, suivi en 1997 par *Rendez-vous au Colorado*. En 1999, Philippe Labro fait parler *Manuella*. En 2002 paraît *Je connais gens de toutes sortes*, recueil de portraits revus et corrigés, en 2003, un nouveau témoignage, *Tomber sept fois, se relever huit*, traitant de la dépression, en 2006, *Franz et Clara*, un surprenant roman d'amour, et en 2009 *Les gens*.

Pour mon fils, Jean.

Il n'est rien dans ce monde qui soit
d'un seul bloc — tout y est mosaïque.

1

Ils m'ont jetée du camion.

S'ils n'avaient pas été au moins trois hommes à s'emparer de moi pour me balancer par-dessus le plateau arrière du pick-up, je serais peut-être tombée moins loin, j'aurais atterri sur la piste et le gravier et je me serais foulé une cheville ou brisé un avant-bras ou quelque chose comme ça, ou plus grave encore. Mais, par la force de leurs gestes, j'ai volé plus loin, projetée en l'air comme ces sacs de grains que s'envoient les hommes à la chaîne, au pied des silos dans la ceinture de maïs de l'Iowa. Et je me suis retrouvée dans le creux du fossé d'écoulement des eaux qui bordait la *dirt track*. Mon corps a tournoyé, si bien que j'ai heurté le sol mou et mouillé de façon latérale, l'épaule d'abord, ensuite la hanche et le rond de la fesse et le plat de la cuisse, et ça m'a sans doute épargné une fracture. Sur le coup, je n'ai même pas eu mal.

Ou plutôt, ç'a été un mal très fugitif, car le choc physique a disparu sous l'effet d'un phénomène vertigineux. À l'instant même de la tombée de mon corps dans la vase du fossé, il est arrivé quelque chose d'étrange. Pendant un temps que je serais incapable de mesurer, un éclair de seconde, une lumière laiteuse et blanche a envahi ma personne. Des dizaines de minuscules images se sont bousculées dans ma tête : un lit d'hôpital ; le couloir d'une école ; un escalier sombre ; une gare d'autobus encombrée de gens silencieux ; un gros monsieur au mauvais sourire vêtu d'un manteau long et noir ; une dame sévère assise sur un fauteuil à bascule ; des serrures et des poignées de porte ; des canapés éventrés et des visages de femmes attentives et autoritaires, la plupart en tablier blanc, l'une d'entre elles avait l'air plus gentille que les autres, et des enfants qui s'agitaient autour de moi en me montrant du doigt. Car je me voyais au milieu de ce brouillamini de lieux, de gens et de moments, je me suivais comme au spectacle. Et puis, ç'a disparu de façon aussi fulgurante que cela s'était produit et je suis revenue à moi, consciente de la projection de mon corps dans le fossé, consciente du camion qui démarrait, parce qu'il avait freiné et s'était arrêté afin que les types puissent me saisir et m'éjecter. Cela voulait dire que le chauffeur avait été mis au courant et que toute cette action n'était pas improvisée. Ils avaient bien préparé leur coup, ils avaient bien planifié leur éruption de violence.

J'ai entendu ces saligauds rigoler et la voix de l'un d'entre eux qui gueulait :

— T'inquiète pas, la polack, tu trouveras vite du boulot ailleurs !

J'ai cru aussi reconnaître un autre son, l'accent tremblé de la vipère qui m'avait, dès le premier jour des vendanges, prise par la main, m'avait pincé la peau de ses ongles pointus et m'avait dit que je ne durerais pas longtemps, qu'elle ferait tout pour qu'on me vire.

J'avais dit :

— Pourquoi, qu'est-ce que je vous ai fait ?

Elle avait répondu :

— Tu es trop belle, ma belle, tu vas mettre le bordel chez les hommes — et chez les filles aussi —, on n'a pas besoin de ça ici.

Maintenant, je reconnaissais son timbre sifflé, la musique aigre et vicieuse de Sally, la sous-contre-maître. Mais je ne pouvais pas comprendre ses paroles, ni comment elle ajoutait du fiel aux exclamations réjouies des couillons qu'elle savait si aisément manipuler. Le concert des voix s'était perdu dans le bruit du moteur du pick-up qui s'éloignait et j'ai reçu le nuage de poussière qu'il soulevait. Ç'a flotté autour de moi, blanc et âcre. Le fossé sentait le raisin écrasé, la sauge, l'herbe, la terre imbibée et friable. Rapidement, l'eau stagnante au fond du fossé a gagné mes jambes, mon jean, ma blouse, mais je ne m'en souciais pas. Un instant, j'ai eu la tentation de ne plus bouger. Il faisait si chaud que j'étais soulagée de mariner dans une sorte de cloaque. J'entendais encore, bien qu'elle se soit totalement estompée, la voix de Sally, cette femme à laquelle j'avais réussi à résister pendant trois semaines et deux jours, j'entendais sa chanson perfide et dominatrice.

J'ai eu envie de me coucher dans ce lit naturel, de m'y recroqueviller et de m'y endormir et de ne plus en sortir, d'y demeurer pour le restant de mes jours, de m'y lover comme dans le liquide du ventre de cette mère que je n'avais pas connue, enfantée par un homme que je n'avais jamais vu. Mais je me suis relevée, tâtant mes membres, mes côtes, mes seins, mon ventre, mes genoux, rien de cassé, ça va, sors de ton trou, « ma belle », tu n'as que seize ans et toute une vie devant toi.

Il devait être plus de 14 heures, le soleil commençait à vous cogner la nuque, et j'ai emprunté la piste dans le sens contraire du camp vers lequel s'était dirigé le pick-up, en espérant qu'un autre véhicule, vide celui-là, parti chercher du ravitaillement à Carson City, s'arrêterait à la vue de mon pouce levé. Et que, pour une fois, le chauffeur n'essaierait pas de me caresser les jambes, en balbutiant que j'étais une *pretty girl*, et que, pour une fois, je n'aurais pas à lui demander qu'il me foute la paix, ni à lui dire que tous les hommes sont des salauds.

J'ai attendu plus d'une heure, je sentais ma gorge qui brûlait, mes yeux qui piquaient, le soleil avait déjà séché ma chemise et mon jean, je marchais lentement sur la piste qui longeait les étendues de vignes en pentes douces, interminables, ondoyantes, du vert qui se mélangeait à du vert, du bleu, de l'ocre, je ne voyais que les couleurs, ne parvenant plus tout à fait à les séparer : le vert des vignes, l'ocre de la terre, le bleu du ciel, et le bleu plus foncé, presque noir virant au violet, des grappes de raisin. Ça devait être la soif, ou l'effet retard de ma chute. J'ai décidé de m'asseoir au milieu de la piste droite, blanche et jaune, au moins comme ça le premier véhicule qui passerait serait forcé de ralentir. Mais j'ai entendu le bruit lointain d'un moteur, je me suis retournée en agi-

tant la main. Un pick-up a freiné. C'était l'une
Ford rouges de la coopérative, Miguel au volant.

— Monte, Maria, m'a-t-il dit. J'ai quelque chose
pour toi.

Je me suis assise à ses côtés. C'était agréable de
sentir la fraîcheur de la cabine à air conditionné.
Il m'a tendu mon sac à dos.

— Tiens. Au camp, quand ils ont raconté ce
qu'ils t'avaient fait, je les ai laissés parler et se mar-
rer, et puis je suis allé récupérer tes affaires sur ta
couchette, y en a pas beaucoup, hein. J'ai tout
fourré dans ton sac. Je devais aller en ville faire de
l'essence et prendre un arrivage de nouveaux saisonniers, j'ai pensé que ça ne serait pas très difficile
de te retrouver.

— Merci, Miguel.

Il n'a pas répondu. Je l'ai regardé. Je ne l'avais
pas croisé plus de trois ou quatre fois depuis mon
arrivée au camp. Il faisait partie de l'équipe des
chauffeurs, et ces types-là, quand on est entassé à
l'arrière du *truck*, on n'a pas beaucoup l'occasion
de leur parler. Ils vous déposent au pied des vignes
à 7 heures du matin, et ils repartent, et on ne les
revoit pas avant la fin du jour. Et puis, c'était un
Mex. Et, comme la plupart des Mex, il se tenait à
l'écart des équipes de Blanches et de Blancs.

Il était petit, on devinait des cheveux gris sous
un chapeau western en paille, troué sur les bords,
maculé de sueur, il avait une moustache gris et
noir au-dessus de ses lèvres plutôt fines. Il y avait
deux balafres sur son visage, une au bas du menton, une autre sur le haut de son front, de la
même dimension, la même forme, comme deux
virgules dessinées dans la chair. Miguel portait une

imée, une chemise de travail bleue
ons-pression, un pantalon de toile
bles de petites chaussures en caou-
ns talon, plates, on aurait cru des
pantoufles. Il avait une voix douce, volontairement
discrète, la voix des gens qui s'efforcent de passer
inaperçus, qui ont pour règle de vie de se perdre
dans la foule. De ne jamais attirer l'attention d'une
quelconque autorité. *No trouble*: pas d'ennuis. La
voix des anonymes qui fuient l'uniforme et la loi.
J'ai essayé de déterminer s'il s'agissait d'un adversaire ou d'un solidaire, ou s'il était neutre. Mais,
après tout, il avait pris l'initiative d'aller jusqu'au
dortoir des filles, de repérer mon nom sur le ta-
bleau, dans les cases à l'entrée, avec le numéro de
la couchette, et de marcher jusque-là. Je l'imagi-
nais, traversant le grand hangar vide à cette heure-
là, toutes les filles étant déjà dans les champs. Il
avait dû grimper sur la couchette supérieure, s'assurer que c'était bien la mienne, trouver mon sac,
mes vêtements, ma trousse de toilette, ranger l'ensemble et descendre pour revenir jusqu'au *truck*.
Un homme, un inconnu ou presque, qui agit ainsi
ne peut pas être un ennemi. J'ai répété :

— Je te remercie beaucoup, Miguel, vraiment.
Beaucoup.

— *De nada.*

Il gardait les yeux fixés sur la piste à travers le
pare-brise. Au plat du terrain avait succédé une
série de petites côtes, avec quelques virages. Miguel
conduisait avec la même prudence et la même
méticulosité que celles qu'il mettait dans ses propos : pas un mot de trop, pas d'excès. Une fois
passés les pentes et les tournants, quand une inter-

minable ligne droite s'offrit à nous, sous un soleil devenu presque laiteux, il reprit la parole.

— Remarque, tu pourrais porter plainte, si tu voulais. Tu pourrais leur faire un procès.

J'ai ri. Miguel a continué de sa voix toujours douce.

— Quand même, ils auraient pu te tuer. La tête fracassée, hein.

Il s'accordait des morceaux de silence entre chacune de ses phrases, comme si sa pensée ne se développait que lorsqu'il avait émis une idée, y avait réfléchi, et pouvait dès lors avancer dans son discours.

— Mais tu ne le gagnerais pas, le procès. Aucun témoin. Personne ne viendrait témoigner contre eux.

J'ai ri encore.

— T'as raison.

— Tu t'es demandé pourquoi ils t'ont giclée comme ça ?

— Non, j'y ai pas réfléchi.

Mes vêtements, après avoir séché, avaient été recouverts par la poussière de la piste pendant ma longue marche d'une heure et j'ai voulu m'en débarrasser en frottant mon buste, mon ventre et mes cuisses du plat de la main. Je me suis aperçue que j'éprouvais beaucoup de peine à effectuer ce simple geste. Peu à peu, le choc de la chute s'emparait du moindre de mes mouvements et de toutes les parties de mon corps, mais c'était de l'humiliation qui avait surgi en moi, et cette douleur physique, cette charge qui me pesait soudain, ne faisait que traduire une sorte de honte, le sentiment saumâtre d'avoir été exclue, évacuée, comme si l'on m'avait dit : tu n'es rien, tu n'es qu'un détritus qu'on expédie dans les caniveaux. Un paquet de rien. Un colis de néant. Une merde humaine. Aussi bien étais-je incapable de répondre à Miguel. J'étais encore moins prête à comprendre cet instant si bref, l'éclat de lumière juste après ou pendant la chute et les visions qui m'avaient envahie. Pourtant, ces images revenaient maintenant et, avec la douleur de mes membres, le mélange de l'humiliation, des courbatures, et le mystère de ce défilé des choses du passé, je me sentais subir une de ces transformations qui vous font croire que votre vie est en train de tourner.

— Essaie de ne pas trop empoussiérer la cabine, si tu veux bien, a dit Miguel.

— Pardon. Je la nettoierai quand on sera arrivés à Carson.

— Non, non, ça ira.

Il s'est tourné vers moi pour la première fois depuis qu'il m'avait ramassée sur la route.

— T'es pas bien, Maria ? Tu veux qu'on s'arrête ? T'as pas l'air bien d'un seul coup.

— Non, Miguel, ça va, merci.

La bonté de cet homme m'a étonnée. J'ai cessé de penser à moi. J'ai regardé les deux cicatrices qui enlaidissaient la partie droite de son visage et l'ingratitude de ses traits m'a paru belle et j'ai eu envie de porter mes mains vers ces marques — d'un barbelé ?, d'une bagarre ?, d'une correction infligée par un flic de la patrouille des frontières, une nuit, du côté d'El Paso ? —, mais je n'ai pas osé. Je me méfiais tellement des hommes, et puis j'ignorais ce qu'était la tendresse. Comme s'il avait entendu mon interrogation mentale, ou bien parce que j'étais restée trop longtemps à scruter le dessin de ses blessures, il m'a dit :

— Je ne suis pas arrivé en Amérique par un avion de ligne, tu sais.

— Je ne t'ai rien demandé.

— Je sais. On est pareil, toi et moi. On vient d'ailleurs.

— C'est pour ça que tu m'as aidée ?

— Peut-être. Tu pourrais être ma fille.

Je n'ai pas su quoi répondre. Mais je savais bien d'autres choses.

Ce que je savais ?

Dire merci, dire pardon, m'excuser, m'effacer, me courber, m'écraser, me taire, nettoyer à genoux et à quatre pattes, dos cassé, doigts écartés, les sols et les parquets, les dalles et les surfaces en lino des bureaux, des hôpitaux ou des bibliothèques municipales. Gratter, frotter, poncer et puis laver, langer, repasser, récurer, astiquer, cirer, brosser, poudrer, sécher, détacher, attacher. Et baisser les yeux et ne jamais répondre à une insulte, à une remarque, à un regard. Celui d'une femme, ou d'un homme — encore moins d'un homme.

Servir. Dans les motels, les *diners*, les bars et les restos, chez des gens ordinaires ou dans des collectivités ordinaires, mais aussi, une fois, dans une vaste demeure aux couloirs qui sentaient la lavande, et dont les boiseries, le soir, renvoyaient le reflet doré d'une pâle luminosité rose, descendue du coucher du soleil à travers des cyprès centenaires, lourds de verdure, lourds de tous les dollars que ç'avait coûté pour les entretenir. Ou bien une autre fois, dans un asile de personnes âgées, dont les murs beiges recevaient, le soir, l'ombre portée des grues d'un chantier voisin, avec le cri des albatros dans le port, car on n'était pas très loin des docks de San Diego et, avec, parfois, des odeurs de poisson, de phosphore, de mazout et d'océan qui venaient s'infiltrer dans le relent fadasse des carottes bouillies de la cantine qu'on allait distribuer à ces morts en sursis, ces sourds et ces aveugles, ces bégayeurs sur deux roues, ces fins de vie en chaise roulante, ces quémandeurs d'une affection, que je ne savais pas donner, je ne savais pas comment on aime des gens que l'on ne connaît pas. Personne ne me l'avait appris.

Mais servir, je savais faire, et j'avais déjà beaucoup fait. À seize ans, quelquefois, je m'en croyais quarante. Servir, ça, ils me l'avaient appris, mes parents adoptifs.

Qui étais-je, ils me l'avaient aussi et très tôt appris. Ils n'avaient pas pris de gants. Ils n'avaient pas voulu attendre que les autres enfants, à l'école, tournent autour de moi en chantant que la fille de Wojtek et Jana Wazarzaski n'était qu'une bâtarde. Ils avaient préféré tout me dire, à peine avais-je été en âge d'enregistrer ces quelques phrases sèches, coupantes, maladroites :

— Tu n'es pas la fille de ta mère, ni la mienne, ça que c'est une amie de ta mère qui t'a confiée à nous. On ne l'a jamais revue. Ça qu'on t'a adoptée et on t'a appelée Maria. Tu es notre fille, tu t'appelles Wazarzaski, ça que c'est sûr, mais tu n'es pas notre fille. Et je ne suis pas ton père. Ça que tu dois savoir puisque tu n'es pas vraiment ma fille.

Wojtek avait l'habitude de souligner ainsi ce qu'il voulait dire, comme si on ne l'avait pas entendu, comme si ceux et celles à qui il s'adressait avaient

22

besoin de ce fastidieux aller et retour verbal, impuissant qu'il était à parler de façon directe. C'était le genre d'homme qui, pour demander un verre de lait, ne pouvait s'empêcher de procéder à une curieuse valse-hésitation :

— Je voudrais du lait. Du lait dans un verre, c'est ça que je voudrais. Un verre de lait, s'il vous plaît, je voudrais bien. Ça que vous me donnez, du lait dans un verre.

Sans doute cette redondance pataude aggravait-elle les difficultés de sa vie quotidienne. Il avait la bouche pleine de mots, les mêmes mots. L'accent n'arrangeait rien, épais, écorché, on eût dit parfois qu'il imitait les « polacks » dont on riait au cours de certaines comédies télévisées. Son allure communiait avec cette balourdise verbale. Wojtek était un gros bonhomme de haute et forte taille, le thorax gonflé et l'abdomen bas, il avait des épaules massives, de longs bras musclés au bout desquels pendaient des mains sans grâce. Son visage était barré par un bourrelet de chair sous l'œil droit, résultant d'une sanglante défaite lors d'un combat de boxe, quand il avait brièvement essayé de gagner un peu d'argent en se battant à mains nues dans les bâtiments désaffectés des quais, la nuit, pour des matchs à pari clandestin, les spectateurs confiaient leurs dollars à un maquereau, polonais lui aussi, et quand on avait réparti les gains et compté les pertes, les deux combattants touchaient quelques maigres sommes, pas de quoi payer les soins de sa blessure. La cicatrice envenimée, puis charcutée, avait pris la forme d'un carré de chair compacte, modifiant son regard, ce qui donnait à Wojtek Wazarzaski un air dur et menaçant. Peut-être son gabarit et ce faciès lui avaient-ils permis de se faire recruter comme garde accompagnateur de convois de fonds pour une banque régionale située à l'est de la ville, la cité sur la baie. Désormais, il porterait un uniforme — bleu foncé, casquette plate, boutons de métal gris — et une arme de poing, un Colt 35 à barillet, et ce nouveau statut lui avait définitivement conféré une identité sociale, une silhouette, une démarche d'autorité, un maintien martial. Nous ne sommes qu'une seule et même entité. Nos voix ressemblent à nos corps. Aussi, son élocution particulière et la laborieuse répétition de ses propos dès qu'il ouvrait la bouche pour commander un verre de lait ou une canette de bière entraient-elles en harmonie avec sa masse obscure et triste. Quand il donnait des ordres à sa femme muette ou à sa fille adoptive, c'est-à-dire moi, en lui révélant qu'elle devrait de plus en plus souvent s'absenter de l'école pour servir — payée au noir, bien sûr, en tous lieux ou toutes occasions qu'il avait pu dénicher —, servir illégalement, sans protection ni assurance, servir pour pallier les limites de Jana la muette qui ne pouvait guère ramener beaucoup de dollars à la maison, servir dans les heures de fin de jour et au long de chaque week-end, chaque samedi et chaque dimanche, lorsqu'il ouvrait, donc, la bouche, la bousculade primitive de ses mots ne surprenait plus. Il était conforme au personnage que les circonstances avaient contribué à créer, soumis à la nature des choses.

Il lui arrivait, aussi, de revêtir un manteau long et noir, mais de cela, je refusais de me souvenir.

Déjà, je ne me souvenais plus de mon enfance, je m'obstinais à ne pas m'en souvenir. Les lumineuses petites fractions d'images qui m'avaient assaillie lorsque j'avais été balancée dans le fossé n'avaient-elles été qu'un éparpillement fugace, le retour du passé ? Pour une humiliation subie, le rappel de toutes les autres, ou bien leur effacement ? Je n'ai pas tenté d'y penser. La route n'était plus déserte et plusieurs signes annonçaient la proximité de Carson City, la disparition des rangs de vigne, un panneau publicitaire, un terrain vague encombré de carcasses d'automobiles, les premières silhouettes de maisons basses, l'apparition du goudron pour remplacer la poussière et le gravier, l'amorce de certains trottoirs anciens en bois, puis le bitume et le ciment.

Miguel m'a dit :

— Où veux-tu que je te dépose ?

— Je ne sais pas. De l'autre côté, à la sortie de la ville peut-être, pour faire du stop. Je crois que je vais quitter le Nord.

— Arrête tes bêtises. On n'a plus le droit de lever le pouce dans cet État. Le premier *patrol car* qui te repère sur le bord de la route, il te foutra en taule. Je vais te poser à la gare routière, c'est là que je récupère mes saisonniers, de toute façon.

Nous avons traversé la petite ville en quelques minutes, deux feux de circulation, nous avons fait un arrêt à la station-service. Miguel m'a offert un 7-Up. Je suis sortie du camion et on a bu, côté ombre, moi dos à la portière, assise sur le marche-pied, lui debout, le bras replié sur le déflecteur extérieur. Il buvait un Pepsi.

— Je préfère, a-t-il dit. Moins sucré.

Il a ôté son vieux chapeau troué, il avait les cheveux plus grisonnants que ce que j'avais pu deviner, avec des mèches vraiment blanches, qu'il rabattait en arrière de ses doigts courts. Je ne parvenais toujours pas à découvrir la raison de ce que je croyais être sa générosité, un sentiment aussi inconnu pour moi que cette bonté que j'avais observée quelque temps plus tôt dans sa cabine.

— Tu veux savoir qui c'étaient, les mecs, à l'arrière, qui t'ont foutue en l'air ?

— Oui. Je crois que j'en ai reconnu un à sa voix, c'était Gabbo. Les autres, j'ai pas eu le temps de les dévisager, puisque je leur tournais le dos quand ils m'ont sauté dessus.

— Gabbo, c'est exact. Il y avait aussi Russel et, le troisième, c'était Tony Bruccini, le beau Tony, le beau gosse.

Il parlait plus vite, de façon plus déliée que lorsqu'il se trouvait derrière son volant. Ce n'était plus tout à fait le même Miguel. Il souriait. Je me suis sentie à nouveau dans cet état de danger que je connaissais face aux hommes, et la douceur monotone de sa voix m'a rendue craintive, soupçonneuse.

— C'est marrant, a-t-il dit, ces trois types, c'est tous des vrais Blancs, comme toi. Tu t'es demandé pourquoi ils t'ont fait ça ?

Je me méfiais de lui, brusquement. Pourtant il n'avait fait aucun geste, je n'avais lu aucune intention ambiguë dans son regard droit, ses yeux marron clair de Mexicain consciencieux, modeste, attaché à la permanence de son anonymat. J'ai gardé le silence.

— Une belle fille comme toi, normalement, ils auraient dû penser à autre chose, surtout Tony.

J'ai pensé : « Ça y est, il va commencer à me faire la cour, c'est venu de loin, mais ça va démarrer. Je connais la musique. » Mais Miguel a tendu une main vers moi.

— Tiens, donne-moi ta canette, elle doit être vide, t'as bu tellement vite, tu devais avoir soif.

Il m'a tourné le dos et a fait quelques pas vers un récipient en plastique vert, accroché à la pompe à essence et marqué *waste* pour y déposer les canettes. En le voyant marcher, sur ses deux petites pantoufles noires, avec ses mèches blanches que soulevait une infime brise venue de l'est, puis se retourner et revenir tranquillement vers moi, j'ai eu le courage d'abandonner mes défenses, tellement fortes qu'elles avaient atrophié tout sens commun chez moi. Il fallait bien que j'accepte cette chose inexplicable selon quoi je n'avais rien à redouter de ce petit homme, aucun piège. Toutes les frayeurs que j'avais vécues, tous les abîmes que j'avais pu connaître, il fallait bien qu'une fois au moins, la première sans doute, je m'en défasse pour éprouver comme un passage vers la sécurité — si provisoire qu'elle ait pu être. Alors j'ai souri à Miguel. J'ai senti une liberté me gagner.

— Tu es belle, m'a-t-il répété, c'était ton malheur, mais c'est ta chance. Allez, on repart, j'ai mes types à ramasser à la gare.

Nous sommes remontés dans la cabine. Avant de mettre le moteur en marche, il m'a tendu une mince enveloppe en papier de couleur bistre qu'il avait sortie de la poche intérieure de sa Levis jacket.

— C'est ta paie des cinq derniers jours. Après

tout, tu y avais bien droit, hein. Je peux te dire qu'on ne m'a pas trop fait de difficultés pour me la confier. Ils avaient tous tellement peur de ce qu'ils venaient de te faire. Au moins avec ça, pour eux, les comptes étaient réglés.

J'en suis restée muette. Il a vivement démarré, emballant le moteur, enclenchant la marche arrière, puis retour en première, embrayant les vitesses les unes après les autres d'une façon brusque et hâtive, presque véhémente, contraire à sa manière habituelle de conduire. Ça lui permettait de ne pas faire face à la vague de remerciements qu'il attendait peut-être de ma part, et, comme de mon côté je ne trouvais pas la phrase adéquate pour lui exprimer ma gratitude, il avait eu cette intelligence d'agir, de s'agiter, de faire du bruit, de bouger et de s'absorber dans le maniement de son véhicule afin d'écarter tout échange de sentiments. Sans doute imaginait-il ainsi m'épargner une parole et s'épargner, en retour, une explication quelconque. Après m'avoir fait une démonstration de bonté et de générosité, voilà que Miguel m'instruisait dans l'exercice de la pudeur — ce mouvement du cœur qu'on juge parfois comme une faiblesse de caractère mais que j'enregistrais comme une force. Trois fois de l'amour, trois fois pour rien, trois fois de la part d'une personne dont le nom était personne.

Au reste, une telle leçon, imprévisible et riche, en l'espace de si peu de temps — quoi? quelques heures à peine depuis que j'avais connu, en tombant dans un fossé, l'éblouissement de cette lumière étrange, jusqu'à cet instant où Miguel s'était arrêté devant la gare de Carson City —, était descendue en moi. C'était comme une influence.

Désormais, je ne pouvais plus être comme si je ne l'avais pas reçue. En saisissant mon sac à la descente de la cabine, je ressentais la puissance des gestes consécutifs de Miguel et cette puissance venait de ceci qu'elle m'avait révélé une partie de moi encore inconnue à moi-même. Ainsi, donc, on pouvait porter et je pouvais, moi aussi, porter, ignorées, des vertus assoupies qui avaient attendu qu'un mot, un contact ou un événement les réveillent.

Et j'ai accompli ce geste que jusqu'ici, au cours de ma brève, encore si brève existence, je n'avais pas eu l'occasion ou l'envie de faire. J'ai pris un homme, un inconnu, dans mes bras, et je l'ai embrassé sur ses joues piquetées de poils poivre et sel, et il a souri en marmonnant plusieurs « *de nada*». J'en ai presque pleuré. J'ai vu repartir le pick-up Ford rouge et Miguel a tracé de sa main gauche, par la vitre ouverte, un signe d'adieu et de vœu de bonne fortune. J'ai senti qu'apparaissait, flottant dans ma conscience comme une nappe d'eau claire et calme, une sorte de mélancolie. C'était un sentiment doux et apaisant. Il venait recouvrir et temporairement contredire un sombre désir qui s'était infiltré dans une autre partie de ma personne : celui de la revanche et du besoin de comprendre pourquoi trois hommes avaient décidé de me jeter d'un camion.

J'ai pris le premier bus Greyhound qui partait vers le sud.

2

Putain de putain de putain de putain de putain de putain de putain de nom de Dieu de putain de putain de putain de putain de putain de putain de putain de putain de nom de Dieu de putain de putain de putain de putain de putain de putain de putain de nom de Dieu de putain de putain de putain de putain de putain de putain de putain de nom de Dieu de putain de putain de putain de putain de putain de putain de putain de nom de Dieu de putain de merde ! De MEEEEEEEEEEEEEEEEEEEEEEEEEERDE !

Venu du fin fond du couloir orange du cinquième étage, à la sortie de l'ascenseur — le direct, celui qui menait sans arrêt, sans aucune étape, du grand studio au cinquième, l'ascenseur du privilégié, réservé à l'homme qui possédait la clé unique lui permettant de fendre l'immeuble de haut en bas, ou de bas en haut, sans qu'il ait à patienter pour que telles ou telles minuscules personnes, secrétaires, assistantes, stagiaires, voire confrères ou consœurs, interrompent le trajet entre son bureau et les plateaux —, un hurlement plein de cette sonorité lourde, pareille au grondement d'un tonnerre, juste après que l'éclair a strié le ciel et dix secondes avant que s'abatte la pluie —, se fit entendre et très aisément identifier, car ce n'était pas la première fois que la célèbre voix grave, qui savait être directive aussi bien que doucereuse, chantante et légèrement agrémentée d'une touche d'un accent d'ailleurs — on n'avait jamais très bien su si c'était du sud de la France ou du sud-ouest ou même d'au-delà des frontières, plutôt latines, plutôt méditerranéennes, on n'avait jamais bien su parce qu'il avait toujours dissimulé la vérité sur ses origines —, ce n'était, certes, pas la première fois que cette voix qui valait tant d'argent et qui était assurée à un prix aussi faramineux que ses mains ou son visage — car ses agents avaient très tôt, dès son accession au statut de célébrité cathodique, eu l'astuce de faire protéger toute sa personne physique, son corps, et s'ils avaient pu, les agents (Myron et Feldmann), ils auraient aussi assuré sa démarche, son geste, la suavité de son sourire et la pénétrante lumière de son regard (mais ça, aucune des assurances n'avait marché, aucun contrat n'allait jusqu'à ce détail — on assurait l'homme, son look, sa musique vocale, c'était déjà assez exceptionnel), ce n'était donc pas la première fois que le timbre le plus connu du pays se faisait ainsi entendre à l'intérieur des vastes murs de la vaste entreprise mais, curieusement, tout un chacun, ce soir-là, eut la sensation inédite que l'éruption irascible de Marcus Marcus avait une autre origine, qu'il existait une autre raison que celle de ses habituelles colères qui surve-

31

naient en général après son émission. Non, ce n'était ni professionnel ni technique. Il y avait autre chose, derrière ce cri exaspéré, vindicatif, intimement insatisfait. Quelque chose de plus personnel, de plus subjectif. Comme si l'on avait attenté à sa propre personne.

Cela relevait du mystère, comme toujours avec lui, car il lui fallait constamment s'entourer de mystère.

Pourquoi le plus talentueux, riche, célèbre, respecté, redouté, regardé et écouté, suivi par des dizaines de millions de gens, celui qui un soir par semaine, à l'heure à laquelle logiquement (logiquement!) on ne proposait aux spectateurs que de la daube et du trash, du ludique bidonné, du faux réel et du vrai faux, bref, la soupe d'après 20 h 30, celui qui, au scalpel, dans une atmosphère digne d'un poste de police qui aurait été commandée par un psychiatre, examinait les hommes et les femmes qui pesaient de leur poids dans Paris, la France et, accessoirement, le monde, dans le déroulement des choses, pourquoi en voulait-il autant à quelque chose et à quelqu'un?

Flic et psy simultanément! Marcus Marcus avait réussi cette savante combinaison, ce renouvellement de l'art du questionnement consistant à manier la violence de la question avec la douceur de l'analyse. Il tirait une certaine fierté de pouvoir arracher, au cours de chacune de ses confrontations télévisées, un morceau de vérité cachée, de confession, un scoop, une confidence intime, de quoi, presque systématiquement, alimenter les publications du lendemain et de quoi susciter l'envie d'y revenir, de quoi fasciner les millions de téléspectateurs anonymes et déclencher simultanément parmi les centaines de célébrités, la souterraine et irrésistible tentation d'y aller, eux ou elles aussi, d'y aller au moins une fois, à ce rendez-vous de la vérité nue, du déshabillage confessionnel, auquel il avait eu la roublarde habileté de donner un titre lourd de sens, solennellement littéraire, se démarquant de la vulgarité courante pratiquée par tous les autres shows. Toutes les célébrités se disaient : « Et pourquoi je ne me raconterais pas, moi aussi, au moins une fois, pourquoi je ne livrerais pas tous mes petits secrets, puisque l'époque veut et aime ça et puisque tout est pardonné à condition que l'on ait tout dit. »

Un jour, un jour miracle, Marcus Marcus avait confié quelques détails sur le titre de son émission.

— Évidemment, ils auraient pu appeler ça : « Dites-moi tout », ou : « Vous n'en croirez pas vos oreilles », ou : « Raconte-moi ta vie », ou : « Les tripes sur la table ». Ou : « On va vous faire la totale ». Dans un registre médical, allons-y, on aurait pu aussi envisager : « Au forceps », « À cœur ouvert », « La chirurgie de l'écran ». Ils auraient pu proposer, pourquoi pas : « Grave de chez grave », ou : « Sincère de chez sincère ». Ah ! Vous n'imaginez pas le nombre d'inepties émises par le nombre de gens qui s'étaient réunis autour de la grande Table Triangle pour « brainstormer » sur cette terrible décision, comment va-t-on appeler le rendez-vous du grand Marcus Marcus ?

Marcus Marcus avait éclaté de rire, puis avait pris une respiration.

— Ah, ah, ah ! On pouvait aussi aller fouiller dans le registre policier : « Garde à vue », « Mise en examen », « Aveux spontanés », « Nous avons les moyens de vous faire parler » — mais ça, c'était un peu trop coercitif, ça ne reflétait pas l'esprit réel du show, puisqu'il devait y entrer une dose d'empathie aussi forte que celle d'une interrogation musclée. Non, rien de tout cela ne définissait la promesse. Ah ! « La promesse ». C'était le terme qui revenait le plus souvent dans le croisement de propositions. Comme si aucun de ceux qui frottaient ensemble leur cervelle n'avait une idée de ce qu'elle devait être faite, cette promesse !

Il continua :

— Ah, vous n'imaginez pas à quoi a pu ressembler cette session de travail.

Il avait donc raconté la naissance du titre de l'émission et de l'émission elle-même en un jour d'exception où il avait décidé de s'ouvrir à un journaliste choisi — entorse à une de ses nombreuses règles. C'était un petit miracle pour celui qui avait été distingué comme interlocuteur. La règle de Marcus était de ne pas se répandre dans la presse, la laisser piaffer d'impatience, la laisser jaser, désinformer, cancaner, dire n'importe quoi sur vous-même et ne jamais démentir, rectifier ou protester. Demeurer le grand Marcus Marcus qui parvient à faire parler toute notoriété, toute puissance, toute star, mais ne se livre, lui, à personne !

Il jugeait nécessaire de maintenir l'opacité, le verrou absolu, d'entourer sa propre vie et sa propre personnalité d'une muraille aussi infranchissable que celle érigée par ces pauvres Américains à Bagdad autour de la Zone verte, la *green zone*, cette intouchable enclave au sein de laquelle proliféraient tous les artefacts de la vie moderne, où l'on pouvait jacuser, vidéoter, massager, pisciner, tennisser, squatter, baiser sans doute, interneter, thinktanker, alors que de l'autre côté de la ceinture de béton et d'acier s'était perpétuée l'horreur sanglante du monde — la multiplication des conséquences de la plus catastrophique décision de toute l'histoire des États-Unis.

Souvent, dans sa douce mégalomanie, Marcus Marcus allait chercher ainsi, lorsqu'il pensait à sa propre personne (et il y pensait extrêmement souvent), des comparaisons prises dans l'actualité, dans le flot du monde, convaincu qu'il était d'appartenir à cette actualité, d'en être l'un des éléments, un des principaux témoins et acteurs, une des composantes — et personne n'osait le contredire. Il ne serait venu à l'idée d'aucun de ses collaborateurs ou associés de suggérer, même avec la plus délicate componction, qu'il n'était qu'une molécule précaire et virevoltante dans l'incontrôlable mousson qui modifiait jour après jour les vies des milliards de créatures disséminées autour d'un globe en voie de décomposition accélérée.

Or donc, Marcus Marcus avait un jour téléphoné à ses deux agents, les inséparables Myron et Feldmann, pour les informer de sa décision d'accorder, en exclusivité, un «papier en profondeur» à une publication sérieuse.

— Naturellement, c'est nous qui contrôlerons le tout, nous amenderons le texte que je reverrai et corrigerai, ligne par ligne si nécessaire. La photo, les titres, les encadrés, les intertitres, les légendes, il faudra qu'ils se soumettent à notre loi, puisque nous leur offrirons ce précieux cadeau. Mais n'hésitez pas, mes chers My et Feld (Marcus Marcus avait tendance à réduire tout nom propre quand il n'affublait pas chacun ou chacune d'un sobriquet ou d'un pseudonyme souvent ironique, mais que les élus acceptaient puisque cela signifiait qu'ils appartenaient à un cercle privilégié, non loin du premier cercle de cet agent d'influence et de pouvoir dont ils servaient la cause), My et Feld, écoutez-moi ! N'hésitez pas à proposer l'entretien à la plus sévère, à la plus respectée des publications. Non, non et non, ne venez pas me dire que c'est pour les gros magazines, les hebdos spectaculaires. Au besoin, réfléchissez même à un modeste bulletin de province, pourquoi pas, ce serait encore plus surprenant.

Surprendre. Marcus Marcus avait fait sienne l'une des règles clés de Napoléon Bonaparte : « Il faut surprendre, c'est-à-dire qu'il faut prendre le risque de n'être compris de personne. Si l'on est trop vite compris, on ne surprend pas. Et si l'on ne surprend pas, on ne gagne pas. »

Certes, il n'avait rien de particulier à gagner ce jour-là en décidant de livrer cette exclusivité à la presse dite sérieuse. Mais c'était précisément pour cela qu'il avait envie de le faire. En outre, obstiné-ment fidèle à son maître à penser, le petit Corse aux cheveux plats, il lui importait de respecter une des autres consignes de l'empereur à la veille d'une confrontation armée : à savoir, « mesurer les forces en présence ». Eh bien, les forces étaient dis-séminées, dispersées, faibles. Aucune concurrence à l'horizon, aucun compétiteur de poids, bien qu'il y ait de pâlichonnes imitations sur les chaînes rivales. Il n'avait donc rien à gagner, mais c'était son libre arbitre, sa faculté de démontrer qu'il était capable à lui seul de faire l'événement. Les sondages n'avaient jamais été si flatteurs, le taux de remplissage des spots de pub qui précédaient et suivaient l'émission battait tous les records.

Pour chacune des règles qu'il se donnait à lui-même, une autre apparaissait, la troisième ou la trente-troisième comme on voudra, puisque Marcus Marcus en possédait d'innombrables dans la réserve de sa mémoire et il n'aimait rien tant que citer les aphorismes des grands stratèges de l'Histoire : « C'est précisément à l'heure où l'on croit tout gagner ou tout avoir gagné qu'on est susceptible de tout perdre. » Aussi bien, fort de cette intuition admise par toute son équipe, Marcus Marcus avait-il mis en route le processus du « papier en profondeur ». Il sentait quelque chose dans l'air de son temps, son étage, son immeuble, sa régie, ses studios de production, il sentait que tout allait trop bien et qu'un danger pouvait poindre à l'horizon de sa notoriété et qu'il lui fallait donc s'exprimer et faire étalage de sa réussite, de son intelligence du métier, du public. Ce fut le jour miracle dans la carrière du journaliste choisi, approuvé après enquêtes et recoupements : « Enfin, Marcus Marcus se raconte ! » Et d'abord, la séance des titres.

Il y a un moment dans la vie où une sorte de beauté peut naître de la multiplicité des discordances qui nous assaillent. Les avis et les opinions s'entrecroisent, venus d'hommes et de femmes qui veulent faire valoir leur expérience, leur astuce, leur inventivité et leur imagination, ou, mot

suprême, qualité rare et pourtant si souvent louée
par ceux qui ne l'ont pas, leur cré-a-ti-vi-té. C'est
alors que l'on profère beaucoup de bêtises, mais,
comme l'a écrit Victor Hugo, souvent les bêtises ont
un sens. Et c'était naturellement la beauté cachée
de ce concours d'intelligences s'évertuant à être
bêtes dont aimait se souvenir Marcus Marcus. La
séance des titres.

Liv Nielsen ôta ses lunettes à monture en titane
et, de sa voix sèche et pourtant, sur certaines syl-
labes, étonnamment mielleuse, la présidente de la
compagnie ouvrit la séance. Comme toujours, à
la simple écoute du timbre de sa voix, un silence de
métal blanc s'était installé dans la salle de la Table
Triangle et ce silence n'était pas simplement dû à
ce qu'elle était le chef, mais aussi au pouvoir intrin-
sèque de séduction exercé par cette voix féminine
et masculine à la fois, cette musique, ce charme
singulier.

— Nous disposons, dit-elle, de trente minutes,
pas plus, pour nous mettre enfin d'accord sur un
titre. Je vous rappelle que nous en sommes à la troisième réunion consacrée à ce sujet, que vous avez
tous et toutes déjà beaucoup de votre côté, je le sais
— et je vous en remercie — travaillé la question,
aussi je considère que Marcus Marcus et moi-même
faisons preuve de bienveillance, voire d'indulgence,
en vous accordant encore une demi-heure.

Elle joua un instant avec ses doigts, pianotant
sur la surface étincelante de la Table Triangle, puis
continua en souriant :

— À Hollywood, Steven Spielberg, quand il organise un meeting avec ses collaborateurs, consulte son chronomètre et le bloque à un quart d'heure. Si, au bout d'un quart d'heure, une solution n'a pas été trouvée au problème, il se lève et ajourne le meeting. Je ne m'appelle pas Steven Spielberg. Vous avez donc droit à quinze minutes de plus.

Liv Nielsen était une femme haute à l'allure légère, aux cheveux fins relevés en chignon, aux traits sensibles, pommettes saillantes, lèvres ourlées, attaches délicates, et la structure de son corps évoquait ces fleurs à longues tiges au bout desquelles pendent de ravissantes petites clochettes bleues. Mais rien dans son timbre ni ses gestes ne trahissait la fragilité, la mièvrerie ou l'indécision. Elle avait de la grâce à ne savoir qu'en faire, une élégance en quoi se confondaient la sensualité et une manière de dédaigner cette même sensualité. Les mots renonciation, inertie, compromis et défaite ne faisaient pas partie de son vocabulaire. Le financier australien qui l'avait approchée à une époque pour lui confier les rênes d'une nouvelle chaîne privée qui se créait en France avait dit d'elle, à la fin de leur seul entretien : « Elle n'est pas très ductile. » Le mot avait fait le tour de la ville qui l'appela, dès lors, l'Inductile. Liv Nielsen déclina la proposition pour choisir de travailler au sein d'un consortium qui possédait une autre chaîne, plus ancienne, et dont le redéploiement était urgent. Elle en devint vite l'une des principales responsables, refusant de présenter le journal le plus regardé de la chaîne, malgré cette beauté sans faille, cette tonalité de voix qui aurait sans doute crevé l'écran. À la télégénie et à la télébrité, elle préférait l'exercice du pouvoir : « Les apparences du pouvoir ne m'intéressent pas. » Le conseil d'administration la nomma bientôt Présidente.

Elle n'était pas éprise d'elle-même. Sa psychologie et son intelligence lui permettaient de déceler l'hypocrisie, même la plus invisible, et elle s'efforçait en toutes circonstances de ne point laisser deviner le jugement qu'elle portait sur les mufles, les crapules, les sots ou les goujats, en s'assurant qu'aucune de ces espèces pût jamais la dire méprisante ou hautaine. Il lui fallait, pour cela, une forte dose de contrôle de soi, et dans ce domaine, comme dans d'autres, elle était pourvue de toutes les ressources nécessaires de caractère. Devant tant de perfection, les esprits curieux ou chagrins, les jaloux et les murmureurs, les buzzeurs de bazar et les bloggeurs blablateurs, les pullulants pollueurs de la peoplie, ne manquaient pas de chercher je ne sais quelle verrue cachée ou d'espérer en secret le dévoilement de je ne sais quel obscur abysse — mais pour l'heure, il n'y avait rien à déceler, rien, aucun crapaud à débusquer. Pour l'heure

Marcus Marcus et Liv Nielsen occupaient, chacun séparément, un des trois côtés de la Table Triangle. Une seule personne pour un côté entier, marque évidente de puissance, car même si le meuble était d'une irréprochable équilatéralité, la présence, le long du troisième côté, des six participants à la réunion, assis en rang d'oignons, coude contre coude, soulignait un peu plus la diabolique invention du concepteur de cette table.

C'était le lieu de toutes les grandes décisions, les choix cruciaux, la stratégie et les tactiques. Les stars qu'on vire. Les shows qu'on torpille. Au centre de la salle, un espace d'une centaine de mètres carrés, figurait cette immense masse triangulaire conçue par l'architecte stylicien Chapour Ladakh, dont les travaux, aéroports, hôpitaux, musées, avaient bluffé toute l'Europe du Nord. La table était faite en un acajou de Cuba, le plus chic des acajous — d'un blond miel doré, six mètres par six mètres par six mètres, et qui brillait comme un miroir ou comme un soleil, grâce au vernissage en polyuréthane, entretenu au tampon chaque matin par le personnel du cinquième étage — celui de l'exécutif. On aurait pu l'appeler la table, ou le triangle, mais quand Chapour Ladakh avait présenté son œuvre, il avait, avec l'accent particulier de ses origines irano-cachemiriennes, imposé le terme :

— Voici la Table Triangle.

Désormais, c'est ainsi qu'on l'identifiait. Et, de toute évidence, on respecterait les majuscules proférées par Chapour, un homme qui ignorait que l'on puisse parler sans vociférer :

— Voici   la   TTTTTTTABBBBBLE TTTTTTTTRRIANGLE !

Dans les couloirs, les bureaux, il arrivait qu'on abrège le nom et qu'on dise la « TT ». Chapour avait sans doute été conscient de la culture maçonnique qui avait dominé l'entreprise audiovisuelle pendant la première période de son existence — depuis, la chaîne avait été rachetée par un holding international à majorité suédoise et les frères y jouaient un moins grand rôle encore que, cinq sur dix serrements de main se pratiquaient fréquemment avec l'instante pression de l'index sur le plat intérieur de votre poignet —, mais surtout, Chapour avait compris que la disposition des personnes sur les trois côtés du polygone définirait les variations de pouvoir et donnerait lieu à toutes les comédies, à toutes les mœurs de la cour. Pouvait-on s'asseoir à l'un des angles, à la pointe de l'un des deux côtés et, si on le faisait, n'était-ce pas trop se singulariser ? Avait-on le droit de siéger le long du côté habituellement occupé par la Présidente lorsqu'elle n'était pas encore présente, même si elle avait fait savoir :

— Commencez sans moi. Installez-vous comme vous voudrez.

Les plus malins, ou les plus prudents — ce qui revient souvent au même — allaient attendre dans le coin salon de la salle, car la pièce était suffisamment grande pour qu'on ait pu y inclure, loin de la Table Triangle, une sorte d'espace coquet avec quelques fauteuils bas, cuir lourd, accoudoirs larges. Ainsi, lorsque Liv Nielsen pénétrait dans la salle en cours de réunion et qu'elle posait sa personne bien mise à l'endroit de son choix, les couards, les crabes et les sycophantes rejoignaient l'autre côté, celui des humbles, face à celui des importants. Ceux qui avaient eu l'audace, l'insolence ou l'inconscience, de « s'installer comme ils le voulaient » étaient alors confrontés au risque d'entendre Liv leur dire, de sa voix dure et à la fois suave :

— Ça ne vous dérangerait pas de changer de place ?

Mais le jour de la séance des titres, on n'avait pas eu le loisir d'assister à ces jeux de glissements de chaises et de fauteuils, ces déplacements discrets, le ballet muet de ceux ou celles qui étaient en cour, et de ceux ou celles qui ne l'étaient pas. Le temps était compté, l'assistance réduite : la Présidente, l'omniprésent omnistar producteur animateur, par ailleurs actionnaire de la chaîne, Marcus Marcus, et six « créatifs », quatre hommes et deux femmes qui démarrèrent une fusillade nourrie de propositions, contre-propositions, surenchères et exclamations, cascades de concepts et de « promesses », rires et protestations, affirmations et carambolages d'outrances, c'était à qui irait au plus vulgaire, au plus spectaculaire, au plus racoleur, au plus tendance. Ils étaient d'accord ou pas d'accord, rivalisaient ou pactisaient, faisaient montre de bêtise autant que de brillance, se stimulant et s'opposant sans hostilité sournoise ni rivalité féroce.

Ils étaient jeunes, vifs, diplômés, ils avaient fait des écoles de commerce, de droit ou de sciences politiques, ils s'habillaient tous en noir, ils savaient qu'il fallait venir chez la Présidente en cravate pour les garçons et pour les filles en tailleur et talons aiguilles. Ils avaient conservé leur bronzage de l'été, elles avaient entretenu leur blondeur de mer, ils ne croyaient à rien, ils adhéraient à tout, ils s'aimaient ou se détestaient, ils gagnaient beaucoup d'argent, et ils n'avaient aucune idée de ce qui les attendait dans l'existence, de ce que la vie leur préparait. Dans le moment présent, le seul qu'ils appréhendaient, ils avaient adopté ce qu'ils appelaient le *team spirit* afin d'atteindre au but : proposer le meilleur titrage pour le show qui allait décoiffer, décaper, détourner, déranger, démolir, déménager, le nouveau carrefour de la vérité imaginé et animé par Marcus Marcus.

— À vingt-deux minutes de vos échanges et propositions, coupa la Présidente, si je résume ce que je viens d'entendre, après avoir bien tout éliminé, il semble que vous vous dirigez vers trois choix : « Au scalpel », « Vous n'êtes pas prêts de tourner le bouton », et « La mise en examen ».

Elle marqua un silence, puis laissa tomber, comme le bruit d'un cube de glace dans un verre de cristal :

— Pas génial, tout ça.

Elle se tourna depuis son angle royal et vide de la table vers l'angle aussi vide et aussi royal, occupé par le seul Marcus Marcus, et dit sur un ton poli et déjà amusé :

— Qu'en pense-t-on, de ce côté-ci du triangle ?

— Je pense à ce que disait Montherlant : « On fait l'idiot pour plaire aux idiots ; ensuite, on devient idiot sans s'en apercevoir. »

Une pause, puis :

— Nous ne nous adressons pas à des idiots, nous devons leur offrir un titre pas idiot. Nous allons inverser la tendance majeure de la télé depuis dix ans, c'est-à-dire que nous allons contredire le fameux adage de l'humoriste américain H.L. Mencken qui disait : « Personne ne s'est jamais ruiné en sous-estimant le public américain. » Eh bien, nous allons gagner de l'argent en surestimant le public français.

Marcus Marcus n'avait pas prononcé un mot durant toute la session orage-de-cerveau. Il avait, à l'instar de la Présidente, écouté et observé les six jeunes gens avec l'intérêt aigu qu'il portait à toutes celles et ceux qui gravitaient autour de lui, sa société de production, son petit empire, et œuvraient pour les succès de ses multiples et surprenantes initiatives. Il respectait et tenait en estime les « créatifs » qui venaient de jeter suggestions et idées mais il considérait que, pendant ce processus, les équipiers convoqués par la Présidente avaient oublié ou n'avaient pas compris l'essence même du projet. Aussi entreprit-il de le leur rappeler :

— Cinquante-cinq minutes de tête-à-tête. Un concept abandonné parfois à la télé. L'invité est forcément quelqu'un de célèbre et de très important. Il ou elle sait, car nous avons déjà balisé en amont le terrain avec lui ou elle, qu'il fera face peut-être à cinquante-cinq questions — une par minute, pourquoi pas ? — qui l'amèneront à une déstabilisation et une mise à nu. Il le sait et sans doute il le désire. Sinon, il n'aurait pas accepté de jouer le jeu. J'ai déjà vingt-cinq noms fameux en liste d'attente. À partir de l'instant où, grâce à l'une des cinquante-cinq questions, une réponse ouvrira la porte de ses secrets, je m'y engouffrerai comme un flic et avec l'approche d'un psy. Il en résultera quelque chose de fort. Un impact dont nous espérons tous, ici, qu'il détournera les spectateurs de l'habituelle tonne d'ordures insanes et kitschesques qui se déverse à cette heure-là, sur toutes les chaînes que l'on dit grandes.

Il se tourna vers la Présidente :

— Y compris la nôtre, jusqu'ici.

Liv Nielsen ne réagit que par un subtil sourire. Par-dessus le miroir de la table, le soleil du triangle, Marcus lui fit un court salut de la main pour la remercier de cette prise de risque. Il continua :

— Et puisque nous n'invitons que des hommes et des femmes qui n'ont jamais pu découvrir l'arme suprême des Tibétains, c'est-à-dire le poignard à tuer l'ego, nous utiliserons un titre qui convienne à leur condition, un titre volontairement littéraire et je crois aussi, malgré tout, accrocheur. Vendeur, oui, jeunes gens, rassurez-vous, l'intelligence est aussi marketable !

Silence. Marcus Marcus n'aimait rien tant que ces moments où, à la suite du brouhaha d'une séance collective de créativité, il lui était donné de faire étalage de sa culture, de son sens de la synthèse. Il se plaisait à séduire une audience, qu'elle fût composée d'une demi-douzaine de personnes entre quatre murs ou d'une dizaine de millions de personnes devant leurs écrans de télé à travers l'Hexagone. Peu importait. Il produisait de la parole, du verbe, de l'image et du spectacle pour la même raison qu'un ver à soie produit de la soie et une abeille du miel : c'était une activité propre à sa nature. Marcus Marcus était un homme qui avait trouvé dans l'expression publique l'activité essentielle de son être.

— Alors, j'ai pensé à cette superbe apostrophe de Chateaubriand : «Vous qui aimez la gloire, soignez votre tombeau ; couchez-vous-y bien ; tâchez d'y faire bonne figure, car vous y resterez. »

Il prit son temps, savourant le silence des autres.

— Madame la Présidente, mes amis, si la dernière partie de ma citation est, j'en conviens, un peu glauque, le préambule possède, selon moi, tous les ingrédients d'un bon titre : «Vous qui aimez la gloire ». VQALG ! Imaginez déjà le générique musique sur ces cinq mots... J'ai d'ailleurs une idée sur la musique : du Gluck, par exemple.

Il laissa pendant quelques secondes la formule pénétrer les franges de l'encéphale commun de son auditoire, puis entra dans le détail :

— « Vous », il s'agit bien sûr de l'invité, celui que je mettrai sur le gril — mais cela veut dire que nous nous adressons aussi au public. Le public aussi aime la gloire. Vous, c'est la chaîne, et la chaîne, c'est vous — n'oublions jamais ce premier commandement de notre métier, le slogan génial inventé par les pères fondateurs. Et comme les gens sont tous fascinés par « la gloire », c'est-à-dire les glorieux, les célèbres et les puissants, ils comprendront ce à quoi ils vont assister. Il ne faudrait pas, d'ailleurs, dans la communication qu'on établira sur ce titre, négliger la suite de la phrase : « Soignez votre tombeau » — car c'est plus intrigant, plus solennel. Musique générique, là encore ! Et dans toute communication bien organisée il faut laisser s'infiltrer la question : « Mais qu'est-ce qu'ils ont voulu dire avec un tel titre ? » Ça rend le public plus intelligent, ça fait causer dans les chaumières. Ça réveille les neurones.

Déjà, d'une extrémité à l'autre du troisième côté du Triangle occupé par la brigade des créatifs, les Blackberries s'étaient mis en marche. Puisque la Présidente n'avait pas encore donné son avis, un silence interloqué continuait de flotter au-dessus du bloc d'acajou cubain et les six créatifs, pourtant assis à seulement quelques centimètres de distance les uns des autres, s'envoyaient de furtifs et prompts messages sur leurs minuscules appareils dissimulés au creux des mains :

— Kesk t'en penses ?

— Génial.

— Tu crois que ça définit la promesse ?

— Attends, il est génial, le mec.

Un autre échange aussi bref :

— Chateaubriand, mais il est cinglé ou quoi ?

— Tu rigoles, ma chérie, il a raison, c'est topissime, c'est du haut sourcil. C'est un concept.

Un troisième :

— Tu te rends compte qu'à aucun moment il nous a dit : « Bien sûr, je peux me tromper. »

— Ben voyons, il a toujours raison, l'enculé.

Mais bien vite il fallut laisser s'obscurcir les écrans des Blackberries et les ranger en poche, car Liv Nielsen, après avoir consulté sa montre et gracieusement rajusté ses lunettes sur l'amorce de l'arête de son impeccable nez, prenait enfin la parole :

— Je kiffe, dit-elle — à la stupéfaction de la cour qui n'était pas accoutumée à l'entendre utiliser un tel vocabulaire mais qui, d'emblée, approuva son verdict d'un murmure collectif et convaincu.

Elle répéta :

— Je kiffe.

Elle ajouta :

— Les trente minutes sont écoulées. C'est parfait. La séance est levée. Bravo, Marcus. Mesdames, messieurs, merci.

Ils vibrèrent à l'unisson, aucun mot particulier ne sortait de leur bourdonnement extasié, et l'on sentait bien qu'ils avaient l'habitude de ce genre de musique et qu'ils savaient aussi, après une onde de ravissement, faire taire leur propre musique afin de laisser place à la conclusion venue du sommet.

Ainsi s'était déroulée l'une des séquences de la riche vie professionnelle que Marcus Marcus avait abondamment décrit au journaliste chargé du premier grand profil décrypteur («double page, s'il vous plaît, sinon il n'y aura pas d'interview»).

Il lui en avait beaucoup raconté, ce jour-là, beaucoup dit, Marcus, mais il n'avait jamais été question de la colère jupitérienne dont retentissaient encore les murs du couloir du cinquième étage et à propos de laquelle il faudrait bien qu'on trouve une réponse.

3

Au beau milieu de la rue de La Planche, à Paris, aux environs de 20 heures et 15 minutes, un soir d'octobre, Caroline Soglio pensa : « Je suis une irrécupérable imbécile. »

Irrécupérable ! L'adjectif n'était pas à la mode. Il avait servi, autrefois, de conclusion et d'ultime réplique à une célèbre pièce de théâtre mais, aujourd'hui, on n'utilisait plus guère ce mot. Cependant, il vint aux lèvres de Caroline comme une évidence, il vint de nulle part, elle n'avait jamais vu *Les mains sales*, elle n'avait pas lu le terme dans quelques récents magazines. Le goût du jour tendait plutôt vers « improbable ». Tout était devenu « improbable » : les lieux, les couples, les circonstances, les œuvres, jusqu'aux couleurs des vêtements. Un autre tic de langage avait débarqué dans le magma des médias, emprunté sans doute à la pratique des analystes et des analysés. On était « dans » quelque chose.

Les people adoraient cela. Et lorsqu'on les interrogeait dans les publications ou émissions consacrées à leurs faits et gestes, à la célébration permanente de leur « mise en danger » ou leur « prise de risque », ils raffolaient de se décrire « dans » un état d'esprit. Plutôt que de dire : « Je suis indifférent », ils disaient : « Je suis dans l'indifférence. » Plutôt que de dire : « C'est ma faute », ils disaient : « Je suis dans la culpabilité. » Plutôt que : « Je ne suis pas d'accord », ils préféraient : « Je suis dans le déni. » Ils disaient : « Je ne suis pas dans la séduction », plutôt que, simplement : « Je ne veux pas séduire. »

Ainsi allait la vulgate de l'époque, ainsi valsait le ridicule des précieux et des précieuses auquel Caroline Soglio n'avait pas eu recours. Elle s'était jugée irrécupérable — c'était plus sec, plus net, plus proche de la vérité de son moment.

Car, même si sa propre bêtise l'accablait, même si elle était consciente du burlesque des petites choses de la vie quotidienne, Caroline ne pouvait s'empêcher d'y succomber. Au moment précis où elle se livrait à cette part de mesquinerie qu'il y a en chacun de nous, elle s'en faisait le reproche, mais il était trop tard. Son caractère l'avait emporté sur son intelligence. On pouvait alors voir, sur le beau visage lumineux de cette femme qui séduisait toute personne qui la rencontrait, passer la mouche noire de l'insatisfaction, l'ombre trouble de l'inquiétude. La perte du plaisir de vivre.

C'est ainsi qu'à l'instant d'amorcer une manœuvre en marche arrière pour garer sa voiture dans un espace qu'elle avait eu la chance de trouver, au milieu de la rue de La Planche, à quelques mètres de l'immeuble au troisième étage duquel elle était invitée à dîner, Caroline s'était aperçue qu'une autre auto, venue derrière elle, s'engageait par l'avant dans la même place. Elle fut saisie d'une impatience, d'une contrariété, d'un énervement si brusque qu'il s'empara du haut de sa poitrine pour monter, telle une fièvre soudaine, jusqu'à la perfection des pommettes de ses deux joues. Une chaleur, comme une éruption cutanée. Cet espace lui appartenait. C'était son territoire. Il n'y avait aucune raison pour qu'elle le cède au connard — car il ne pouvait s'agir que d'un connard, un homme, qui se permettait de l'investir. Elle tenta de reculer un peu plus afin d'empêcher l'autre véhicule de grignoter un seul centimètre supplémentaire, puis bloqua le levier de vitesse sur P sans arrêter le moteur, et sortit en un mouvement vif et furieux pour se dresser devant la chose ennemie. Un observateur impartial l'aurait alors trouvée belle, dans la souplesse soyeuse de sa personne, l'agilité de ses membres.

C'était une très grosse berline de couleur noire, luisante, neuve, une bête, une volumineuse allemande dont elle identifia l'emblème. Toutes les vitres étaient fumées, très sombres, et fermées. Caroline se surprit à tambouriner de ses doigts sur la vitre avant, côté conducteur, et s'entendit dire d'une voix haut perchée :

— Vous ne voyez pas que j'étais en train de me garer ?

Elle sentait que le ton de sa voix s'élevait presque malgré elle et bien qu'elle ait vu sur le trottoir, au-delà du toit de la berline, les têtes d'un couple de passants se retourner — l'homme, sourire ironique, la femme, hochement de tête apitoyé, elle ne pouvait refréner son irritation :

— J'avais mis mon clignotant, quand même, ça ne vous dit rien ?

Ses ongles tapaient encore sur la vitre :

— Dégagez, c'est ma place !

Aucune réaction. Elle avait la sensation de s'adresser à l'objet, à la voiture elle-même, plutôt qu'à celui qui en tenait le volant, silhouette à peine visible, à peine reconnaissable. Le moteur ronronnait sous le capot bien lustré et elle crut percevoir une légère avancée du fort véhicule comme s'il voulait pousser la petite voiture au moyen de ses puissants pare-chocs chromés. Elle eut un bref éclair de crainte, un instinct de peur. Fallait-il vraiment s'embarquer dans un incident avec des inconnus — ils étaient peut-être plusieurs à l'intérieur —, après tout, ce genre de caisse, en général, avec ce genre d'allure, appartenait à des catégories de gens — polices privées, dealers friqués, Russes en maraude — dont il valait mieux rester éloignée. Elle entendit tout à coup une violente poussée musicale, un surgissement sonore qui traversait la vitre fumée, on eût dit que le conducteur avait monté le son au plus fort niveau afin d'anéantir les protestations de la jeune femme. Elle s'immobilisa. Elle connaissait très bien ce morceau.

Elle en avait eu la révélation lors d'une soirée donnée par un antiquaire ami, originaire des Pays-Bas. Il s'agissait d'un extrait du premier acte de l'*Alceste* de Gluck et elle se souvint qu'elle avait été subjuguée par cet éclat, ce démarrage des cuivres, cette introduction comme l'amorce d'un hymne, juste avant que la Callas prenne le pouvoir et chante à pleine gorge :

Divinités du Styx,
Divinités du Styx !

Pour une raison incompréhensible, comme toujours lorsqu'on est confronté à la musique, Caroline avait été captivée par l'intensité de ces quelques strophes et elles l'accompagnèrent tard, cette nuit-là, bien après qu'elle eut quitté le palais où s'était déroulée la soirée de l'antiquaire. C'était un grand bonhomme au crâne rasé, à l'oreille percée d'une perle jaune, au nez protubérant, le corps habité par une jovialité et un appétit de l'existence, une détestation de la routine, de la convention, de l'ennui du quotidien. Il s'appelait Hans. Il s'était dressé de son siège en pleine conversation, d'un bond, mû par une pulsion connue de lui seul et il avait traversé vivement le grand salon encombré de clients, d'artistes, de collègues, des Européens du Nord pour la plupart, et il avait fait résonner le souffle, l'énergie, cette beauté devant quoi abdique toute explication, Maria Callas chantant :

Divinités du Styx
Divinités du Styx !

Cette brève scène avait impressionné Caroline, le déplacement fougueux, l'irrésistible détermination de Hans projetant son corps vers les appareils de la sono : il saisit un CD, le glisse dans la fente, tourne le bouton du volume jusqu'à son apex, et les baffles retentissent, explosent, inondant le champ auditif et saisissant l'assemblée, les cors, trompettes et tambours, puis la voix de la Diva dominant et effaçant la superficialité des choses, pour imposer un sens à ce moment, l'inscrire dans l'impermanence qui régit nos vies.

Et voilà que, maintenant, debout dans une rue à

Paris, devant une masse de métal noire et brillante, à l'intérieur de laquelle on ne pouvait pas distinguer les traits d'un visage d'homme, Caroline retrouvait cette musique et, sous l'effet de ce souvenir, perdait d'un seul coup toute velléité agressive. Par un phénomène de relativisation immédiate, sa lucidité l'emportait sur l'irascibilité. Son comportement lui fit honte, et c'est à cet instant qu'elle pensa : « Je suis une irrécupérable imbécile. »

Son renoncement fut aussi brusque que son courroux. Il ne lui vint même pas la curiosité de scruter le pare-brise avant, dépourvu de toute teinte fumée, ce qui lui aurait permis de voir à quoi ressemblait le macho derrière le volant de l'énorme BMW. Elle eut un haussement d'épaules qu'elle voulait élégant, elle tourna le dos et, rejoignant la minuscule Clio, se dégagea de l'espace qu'elle venait de céder. Dans le rétroviseur, elle vit la lourde machine qui s'installait doucement, royalement, en terre conquise, ayant dicté sa loi et sa force, ayant satisfait son appétit de pouvoir.

Il lui fallut plusieurs minutes avant de trouver une autre place, plus loin sur le trottoir du boulevard Raspail, côté droit. Mal garée, contravention inévitable. Dans l'étroit ascenseur de l'immeuble de la rue de La Planche, Caroline ressentit au creux de l'estomac un court pincement d'aigreur mais, se contemplant dans le miroir de la cabine, elle vit naître un petit sourire et, s'adressant à son propre visage, elle dit :

— Tu as connu de plus cruelles défaites.

Comme tout le monde, elle se parlait à elle-même. Il paraît que c'est un signe de folie, il paraît que c'est une preuve de sagesse. Nous nous parlons tous à nous-même et ce dialogue entre le moi que nous sommes et celui que nous voudrions être permet de mieux mesurer l'étendue de notre solitude et mieux écarter les tentations de nos mensonges Elle répéta le constat :

— Tu as connu de plus cruelles défaites.

Elle savait bien, maintenant, que cet incident dérisoire de l'espace volé, et le désordre caractériel dont elle avait été victime, n'était qu'un effet second de l'abandon qui lui avait été signifié, quelque temps auparavant, par l'homme pour lequel elle avait sacrifié son mariage et sa réputation. Elle savait bien que son « imbécillité » provenait de cette humiliation passée, de cette blessure, encore qu'elle avait cru que tout était cicatrisé. Alors, avant de sonner à la porte de ses hôtes d'un soir, Caroline Soglio eut cette autre réflexion, toujours à voix haute, devant le miroir :

— Tu ne la voyais pas comme ça, ta vie.

Puis on lui ouvrit et elle pénétra chez Véronique et Samuel Gretzki et l'on enregistra parmi les invités déjà nombreux, certains assis en rond autour d'une table basse, verres et soucoupes, pistaches turques et vodka, d'autres debout, verres en main, d'autres enfin cherchant leur nom autour des nombreuses tables encore vides, une sorte d'ondoiement, comme des roseaux ployant sous le vent. Des têtes qui se tournaient vers elle, un frémissement, et tout le monde trouva que cette femme qui ne s'aimait pas avait l'air « absolument fabuleuse »

Cela s'était passé six mois auparavant.

Il lui avait téléphoné en fin de matinee

— Retrouve-moi le plus tôt possible à l'appartement. C'est urgent. Laisse tomber tout ce que tu es en train de faire et viens.

Caroline avait répondu :

— Qu'est-ce qui se passe ?

— Rien, je ne peux pas t'en parler au téléphone. Rejoins-moi tout de suite.

Il avait raccroché sans autre formule, sans aucune parole de tendresse, aucun sourire dans la voix, elle n'avait jamais entendu cette tonalité à la fois directive et anxieuse depuis qu'ils étaient amants, depuis un an, depuis qu'elle avait décidé de divorcer pour lui, annoncé et engagé ce divorce, révélé cette liaison, tout étalé sur la table et déclenché dans sa famille, son entourage, sa belle-famille, chez ses collègues, ses amis et, naturellement, chez son mari, un orage d'incompréhension, de jalousie, de rancœur, voire de scandale.

Elle emprunta le périphérique à hauteur de la Porte de la Chapelle dans un état de perplexité totale. Au bureau, elle avait dit :

— Je suis obligée de m'absenter.

Fabienne, qui supervisait avec elle l'ensemble des projets pour l'année à venir, avait crié à travers la salle :

— Tu ne peux pas nous faire ça, Caro, tu sais très bien qu'on a cette grande réunion dans vingt minutes.

Elle avait répondu ·

— Désolée. Débrouillez-vous sans moi.

Fabienne n'avait pas insisté. Il semblait difficile — et sans doute malhabile — de s'opposer à une décision de Caroline Soglio depuis qu'elle était devenue la compagne officielle, la nouvelle femme dans la vie du patron, le CEO, le boss, le petit seigneur du cinéma européen, Tom Portman. Tout change vite dans le monde clos d'hommes et de femmes qui œuvrent ensemble. Les tissus se défont, les mailles filent, les terrains glissent, tout ce qui semblait figé, établi, acquis, va être rapidement remis en question. À elle seule, l'histoire de Caroline avait modifié l'atmosphère au sein de la compagnie.

Regards, murmures, conciliabules, dos qui se tournent quand elle traverse le couloir, les lèvres qui s'amincissent et les cous qui se tendent, la démarche d'une femme se transforme en celle d'une girafe, les yeux d'une autre deviennent perçants comme ceux des chouettes. Renardeaux et musaraignes, chèvres et loups : les animaux de La Fontaine ne sont plus très loin.

Caroline avait d'abord senti une réprobation collective et muette, les mouvements des corps hostiles manifestant une sorte de mépris. Caroline était une femme au jugement clair. Aimer Tom Portman — être aimée de lui, l'aimer à en perdre parfois l'équilibre, aimer jusqu'à avoir décidé, dès leur première nuit d'amants, de briser son couple — n'avait en rien entamé sa capacité de déchiffrer et démasquer les autres. Hypocrisie, dissimulation, malice, elle s'attachait à ne rien laisser passer. Elle savait voir. Aussi devinait-elle déjà les inévitables fluctuations qui allaient s'ensuivre au sein de la compagnie. Premières concessions, début de cour-tisanerie de la part de celles et ceux qui, jusqu'ici, avaient contesté ses choix ou ses avis. Et puis, au bout de quelques mois, le temps faisant son invincible travail de réduction des passions, haines ou rancœurs, avec le souci de conserver un rôle et une place, on s'accommode de tout pourvu que l'on survive, et cette idée générale selon laquelle, après tout, Caroline Soglio avait bien le droit de coucher avec Tom Portman. Les gens :

— D'autant que ç'a l'air sérieux, ça va durer leur affaire, il a tout lourdé de son côté, elle a déjà divorcé exprès — qu'est-ce que tu veux faire, tu veux faire la gueule ? En quoi ça te concerne ce qu'elle fait de son cul, Caro, elle fait ce qu'elle veut, elle est majeure et vaccinée, c'était fatal que ça arrive, on peut pas lui résister à cette fille — à la seconde où elle a débarqué chez nous, je me disais que Tom tomberait amoureux d'elle, tous les hommes étaient raides dingues d'elle — les femmes aussi, d'ailleurs. Elle donne autant envie à une femme qu'aux hommes. Tout le monde la voulait.

Reprise du chœur :

— On se l'est toutes dit, rappelez-vous, les filles, à quoi bon critiquer et chipoter ou mégoter, maintenant c'est la vie, hein. Et puis, ça nous a débarrassées de la femme légitime de Tom — lui aussi divorce, non ? C'est pas qu'on la voyait beaucoup sur les tournages ou dans les séances de montage ou de prémixage ou aux projections privées, mais quand elle arrivait, quelle sorcière, quel venin, quelle insupportable garce ! Tu me diras, c'est elle qui possède le studio, c'est la famille égyptienne tout ça, ça n'appartient pas à Tom. Enfin, basta, *enough is enough, too much is too much,* foutez-lui la paix à Caroline. De toute façon, s'il y a un conflit, c'est elle qui le gagnera et pas nous. Donc, voilà. Et d'ailleurs — oui, oui, ne me regarde pas comme ça, mais c'est vrai ce que je veux dire — et d'ailleurs, a-t-on surpris une seule fois Caroline en train de profiter de sa nouvelle situation ? Tu crois que je retourne ma veste ? En un an, ça fait un an que ça dure leur affaire, tu l'as surprise une fois en flagrant délit de première dame du royaume ? Non ! Elle n'a pas changé. Elle est toujours aussi efficace, intelligente, à l'écoute, elle n'est pas plus autoritaire qu'autrefois, pas moins. Elle reste à sa place quand il faut, moi je trouve ça même plutôt admirable qu'elle ne fasse pas plus étalage de sa position, qu'elle n'en abuse pas. On ne peut rien reprocher à Caroline, au contraire.

Ainsi parlaient les gens. Mais l'irréprochable Caroline, tout imprégnée de sa passion de la vérité, habitée par cette vertu selon quoi il faut être à la hauteur de l'idée que l'on se fait de soi ou que l'on voudrait que les autres se fassent de nous, Caro, pétrie d'honnêteté, supportait mal l'ambiguïté de la situation.

— Mes rapports avec les autres ont changé, les filles en particulier, les filles, bien évidemment, il n'y a rien à faire, je n'aime pas ça. Soit je quitte la compagnie, soit on trouve quelque chose.

Tom avait trouvé. Tom trouvait toujours et, lorsqu'il déployait une idée devant n'importe quel interlocuteur, entamait une démonstration, le fameux « pitch », formule qu'il avait été le premier à familiariser, l'ayant importée d'un de ses trois voyages annuels en Californie, il recevait l'adhésion de son public. Tom l'immodeste disait : « Je ne perds jamais. » Et dans ses jours les plus humbles, il modérait : «Je me trompe rarement.» Caroline avait succombé à cette arrogance, l'insolence du gagneur, croyant avoir percé et aimé, derrière cette muraille de certitude, le charme d'un adolescent qui doute. Car il restait à Tom cet autre cadeau de la vie : il y avait encore de l'enfance sur son visage de «killer».

Tom avait trouvé : elle créait sa propre société de production, soutenue par la compagnie, mais détachée et indépendante. Des bureaux séparés, de l'autre côté de la Plaine Saint-Denis, côté est. Un projet différent, une autre structure, un petit atelier : *small is beautiful.*

— Tu appelleras ça « Caro Pictures ! » Ou autre chose, comme tu voudras. Tu pourras développer — ou faire développer — les scénarios que nous ne voulons pas financer car ils sont trop intimistes, trop intellos, trop gros risque commercial. Nous, on fait dans le lourd, action, sexe, rire et *fantasy*. On va chercher le plexus solaire du public. Tu chercheras le plexus cervical. On fait dans le blockbuster. Tu feras dans le minibuster.

Elle l'avait arrêté d'un geste de main en riant :
— N'importe quoi !

Puis elle avait réfléchi, et ce « pourquoi pas » qui régit une partie de nos décisions, de nos vies et de nos actions s'était imposé. Pourquoi pas ? On rédigeait déjà les papiers. Était-ce à ce propos que Tom l'avait convoquée, toutes affaires cessantes, chez lui — chez eux ? Ce chez-lui qu'elle considérait comme chez eux.

Tom était grand, lumineux, il dégageait une impression de force intérieure et d'impudence maîtrisée, les hommes aimaient l'écouter, le suivre et rire avec lui, mais aussi ils étaient prêts à le soutenir, à « backer » n'importe quel film dès qu'il décidait de le lancer. Film après film, il avait touché les dividendes — les énormes dividendes — de l'investissement de ses amis. Les femmes aimaient sa dégaine, cette sorte de certitude rassurante qu'il semblait capable d'offrir à chacune d'entre elles. Il suscitait chez certaines la tentation de poser la tête sur ses épaules larges et confortables. Elles voyaient dans ses yeux vert et noisette une paillette de folie, certaines considéraient son intelligence comme une forme inutile de séduction. Sa beauté avait largement suffi pour leur plaire — fallait-il, en outre, qu'il fût vif, entreprenant, riche en idées et capacité d'analyse, convaincant —, mais un cerveau aussi étincelant que son fameux regard, ce coup d'œil « à la Tom », vous entraînait illico dans ses schémas et projets. Elles s'appelaient les « filles de Tom », la « brigade des TomTom Girls ». Il s'évertuait à recruter une majorité de femmes — « je travaille mieux avec elles, elles travaillent mieux que les mecs, surtout dans notre métier » —, il s'était toujours gardé de céder à une quelconque intrigue, une quelconque aventure, avec quiconque. Il les tenait à distance. Elles l'avaient accepté. Seule Caroline Soglio avait réussi à le faire tomber, et cela sans le moindre effort. Alors qu'une bonne partie d'entre elles avait, à un moment ou un autre de la relation avec Tom, esquissé une ébauche de conquête — vite découragée —, Caroline n'avait eu qu'à apparaître pour qu'il l'aime et c'était plutôt lui, Tom, qui avait œuvré pour la conquérir.

Caroline Soglio avait un profil délicat, sans faute, une élégance naturelle, c'était une de ces femmes qui combinent de façon presque injuste une allure mince et élancée avec quelque chose de charnu. Sensuel. Elles sont brunes souvent, et quand elles sont blondes — le cas de Caroline —, c'est encore plus insolent. Elles sont très bien faites, avec des silhouettes comme on en trouve seulement en France, ce qui émerveille les Anglo-Saxons, tant elles semblent posséder ce qu'ils appellent un « je ne sais quoi » qui les distingue de toutes les autres femmes. On peut les voir surgir comme ça, par douzaines, centaines même, d'un seul coup, dans les rues et aux terrasses des bistrots, à Paris ou dans n'importe quelle autre ville du pays, quand se pointent les premiers jours d'avril, a fortiori aux plus beaux jours de mai, pour culminer enfin aux plus glorieux mois de l'année, juin surtout avec ses lumières qui n'en finissent pas de résister à la nuit.

Elles savent s'habiller sans obéir aux modes, mais en inventant de quoi arrêter le regard, trouvant un élément inattendu de couleur, un accessoire qu'elles ont déniché avant les autres, une manière d'afficher leur confiance, leur goût, leur esprit de décision. En un sens, elles sont en avance sur leur temps, ou bien pourrait-on dire qu'elles définissent un peu ce temps, l'air de cette époque. Parfois, en outre, on décèle chez quelques-unes de ces grâces, de ces déesses anonymes, une once d'étrangeté, héritage non identifié d'un mélange de sang slave, italien, espagnol, grec, roumain, arabe ou asiatique, allez savoir — et qui fait les pommettes plus bombées, les lèvres plus ourlées, le dessin de leurs yeux plus longs, et le teint presque ambré, indiscernable nuance. Alors, cette minuscule touche d'exotisme leur donne l'atout du mystère, annonce un tempérament voluptueux, les détache du commun, et provoque l'envie de les connaître, de percer à jour ce qui fait leur différence, au risque toujours possible de la désillusion.

Contrairement aux apparences et contrairement à ce qu'on disait d'elle, Caroline n'avait aucune conscience d'appartenir à cette catégorie de femmes que les autres jalousent. Jusqu'à l'âge de trente ans, elle ne s'était guère aimée, car son premier mari l'avait inlassablement découragée. Il avait chaque jour étouffé ses qualités, invoquant sa trop grande intégrité, ses scrupules, sa rectitude morale et sa trop bonne éducation bourgeoise reçue au cours d'une jeunesse provinciale. Il soulignait ses erreurs, ses fautes de parcours, et elle n'aimait pas ce qu'elle faisait et devenait. Elle avait navigué de jobs en jobs, sans parvenir à définir l'activité qui comblerait ce manque qu'elle ressentait à la vue de ses amies, de sa sœur aînée, de ses cousines déjà mères de famille tout en étant responsabilisées dans leur métier, que ce fût l'enseignement, la recherche, le droit, le journalisme, les ressources humaines ou le bénévolat, la mise en scène ou l'édition. Il avait fallu un hasard pour que, embauchée pour remplacer une « TomTom Girl » en congé sabbatique, on l'implique dans la production du nouveau long métrage de la compagnie, le grand film de l'année. Elle y avait instantanément fait montre d'intuition, de bon sens, de psychologie, d'efficacité et d'énergie. Elle s'était rendue indispensable. Une révélation. Persévérance, gentillesse, vision des obstacles, sens de la synthèse. Elle adorait faire. Ils adoraient qu'elle fasse. Véronique et Samuel Gretzki, le couple sans lequel Tom Portman n'aurait jamais pu gérer ses multiples folies et déployer son audace, disaient de Caroline :

— Elle était faite pour ça. On dirait qu'elle a fait ça toute sa vie.

Fabienne, leur adjointe, renchérissait :

— Irremplaçable. La greffe a tellement bien pris qu'elle est devenue partie même de notre corps. Le corps de la compagnie.

Comme beaucoup de femmes qui, lorsqu'elles rencontrent celui qu'elles croient être l'« homme de leur vie », larguent brusquement toutes les amarres, Caroline avait scié son mariage en l'espace de quelques jours. Les hommes sont plus prudents en matière d'adultère. Ils tergiversent, dissimulent, reculent et louvoient, temporisent. Une femme, quand elle quitte un homme pour un autre, est susceptible de rompre avec la rapidité et la dextérité du chirurgien maniant le scalpel. C'est précis, net, sans retour, tant pis pour les éclaboussures de sang qui ont taché le champ opératoire.

Caroline et Tom vivaient ensemble depuis un peu plus d'un an. Elle avait quelquefois la sensation qu'ils avaient toujours vécu ensemble.

Arrivée dans la cour de l'immeuble, elle aperçut Mehdi, l'homme à tout faire de Tom, debout devant une camionnette de couleur grise, un van immatriculé 60.

— Qu'est-ce qui se passe, Mehdi?

Le gros garçon joufflu remua la tête, l'air irrésolu.

— Ch'sais pas, madame Caroline.

— C'est quoi, cette fourgonnette? C'est de la location?

— Ch'sais pas, madame Caroline, faut demander à M. Tom.

Lorsqu'elle pénétra dans le loft, elle vit Tom, au milieu de la grande pièce, entouré de plusieurs valises posées au sol. Elle les reconnut comme les siennes. Elle s'avança pour l'embrasser. Il fit un pas de côté, ce qui la surprit. Elle s'immobilisa.

— Qu'est-ce qui se passe, Tom? On part en voyage?

— Non, on part pas. Enfin, si — mais c'est toi qui dois partir.

Elle eut un rire cursif.

— Attends, de quoi tu me parles?

Tom balbutia quelques mots incompréhensibles. On eût dit qu'il ne parvenait pas à construire une réponse. Il bredouillait, embarrassé, cherchant à articuler une phrase. Il finit par dire:

— Assieds-toi, Caroline, on n'a pas beaucoup de temps.

— Comment ça?

— Assieds-toi, faut faire vite.

— Comment ça? Non, je ne m'assieds pas, dis-moi ce qui se passe.

Il sembla enfin capable d'organiser son verbe,

prit une courte respiration, sa voix avait emprunté un timbre autre, au-dessus de la note habituelle, presque pointu, presque efféminé.

— Elle revient. Il faut que tu t'en ailles.

— Qui revient?

— Ma femme, l'Égyptienne.

— L'Égyptienne?

— Oui, oui, tu sais bien que je l'appelle comme ça de temps en temps.

Elle rit encore, mais plus brièvement, plus froidement, un rire mécanique, un réflexe de défense.

— Non, dit-elle, je ne sais pas. Ou plutôt si, je sais, et je m'en fous.

Il l'interrompit, cette fois apparemment saisi par un sentiment d'urgence. Les mots, maintenant, déferlaient :

— Elle revient, voilà, alors il faut que tu t'en ailles. Vol AF 1533 en provenance d'Athènes. CDG 2D. Elle sera là dans une heure, une heure et demie. À cette heure-ci, Roissy, il faut bien ça pour arriver jusqu'en ville. Il faut que tu sois partie avant, j'ai déjà tout préparé.

— Préparé quoi?

— Ben, tes affaires, j'ai fait des valises, tu ne peux pas rester ici, Caro, tu comprends. Ma femme a décidé de revenir.

— Mais pourquoi tu dis « ma femme » ? Qu'est-ce que c'est que cette expression ? Qu'est-ce que tu me racontes, Tom ? Tu n'as pas entamé la procédure de divorce ? Tu m'as dit que tout était en route, que c'était fait. « Ma femme », « ma femme », mais c'est moi, ta femme. Ça fait un an qu'on vit ici, toi et moi, qu'est-ce que tu me parles de ta femme ?

— Non, rien n'est fait. Je t'ai menti. Je t'ai menti, j'avais rien mis en route.

— Quoi ?

— Je t'ai menti. Elle revient. Je peux pas faire autrement. Voilà, j'ai menti.

Elle voulut s'asseoir. Les jambes lui manquaient. Une sorte de tremblement alternativement chaud puis glacé parcourait son bas-ventre, en dessous de la ceinture, dans le bas des côtes, comme si quelque seconde peau, une peau étrangère, insidieuse, venait se coller sur la sienne entre la chair et les os pour l'aliéner et l'asservir. L'habituel agencement de sa pensée déraillait. Il fallait qu'elle y mette un terme, il fallait qu'elle retrouve une ligne droite, la capacité de réfléchir vite, de l'interroger.

— Va me chercher quelque chose à boire, Tom, s'il te plaît, un verre d'eau.

Il se courba en deux, un maigre sourire sur ce visage qui, de minute en minute, devenait pour Caroline celui d'un inconnu, d'un autre homme, qui lui semblait perdre sa beauté et sa force, le visage de la lâcheté et du mensonge.

— Tout de suite, tout de suite, dit-il. Tu ne veux rien d'autre ?

— S'il te plaît, juste un peu d'eau.

Il se dirigea vers le coin cuisine, pressé, à grandes enjambées, comme si ça le soulageait d'avoir une tâche à accomplir, de pouvoir s'éloigner d'elle, comme si le fait que Caroline ait demandé à boire signifiait qu'elle avait reçu le premier coup, le plus dur, et que, dès lors, il pourrait aller au bout de son geste, sans déclencher trop de pleurs, de hurlements, d'hystérie, sans être submergé par la culpabilité et la réalité de sa profonde et secrète dépendance. Les larmes, Caroline en était loin. Elle avait eu besoin de ce court intervalle pour reprendre possession de son esprit, de sa vérité. Elle était partagée entre cet instant où l'on sent la violence de la blessure et le besoin de choisir, de façon immédiate, ce qui est le plus nécessaire : surmonter le pathétique pour laisser place à la fierté et l'orgueil — ce qui peut vous sauver —, le respect de soi. Le rejet du malheur imposé. Elle se savait capable de lutter dans des situations inattendues. Elle en avait connu d'autres. Elle avait atteint ce palier de sa vie où, après avoir beaucoup subi, elle avait définitivement rejeté la posture de la victime. Puisqu'elle avait quitté son mari pour Tom, déchiré tous les contrats de la bienséance, Caroline avait appris à maîtriser les choses. Ironie des circonstances, c'était Tom qui lui avait révélé sa valeur, inculqué la leçon qu'on ne doit pas se réfugier dans le dénigrement de soi, la facilité et l'excès d'humilité. Il lui avait souvent répété :

— Tu as trop de valeur, tu as trop de qualités, pour n'avoir jamais à te déprécier.

Avec lui, et grâce au métier qu'elle avait assimilé si vite, elle avait compris qu'elle ne possédait pas le tempérament d'un être dominé. Dans la vie, il y avait les dominés et les dominants. Elle ne se voyait pas comme une dominante, elle était sûre de ne pas être une dominée. Elle se jugeait apte à prendre les choses en main, à surmonter le cours des choses.

« Les choses », les choses, quand nous parlons des choses, que voulons-nous dire ? Quel est ce terme si vague, cette abstraction si souvent employée ? L'ordre des choses ! La force des choses ! Le désordre des choses, oui — la faiblesse des choses.

Il marchait vers elle, un verre d'eau à la main, il le tendit à Caroline qui était restée assise sur le rebord du grand canapé blanc en forme de L. Elle le regarda. Avoir pu, pendant quelques minutes, réfléchir aux « choses », avoir pu ainsi se détacher de ce qui se déroulait dans ce loft — cette guignolade, ces valises, le van en bas qu'il avait sans doute loué, bien sûr, pour qu'elle déguerpisse, elle imagina même qu'il avait déjà changé les draps, défait les couples d'oreillers, les couples de serviettes dans la salle de bains, quoi d'autre encore —, avoir pu bénéficier de cette lucidité en pleine parodie d'une pièce de boulevard lui permettait de trouver le calme. C'était tout calme à l'intérieur. Il n'était pas difficile de préjuger que, d'ici à quelques heures, le désespoir pourrait la submerger. Mais, dans l'instant, elle était pleine d'un calme presque animal, primitif.

Elle regarda Tom, répétant les mots qu'elle avait utilisés sans frénésie, sans cette surprise brutale qui l'avait saisie aux premières phrases, aux premiers « elle revient » qu'il avait prononcés de cette voix curieusement fluette.

— Allons, Tom, dis-moi, qu'est-ce que c'est que cette histoire ?

Il répéta, lui aussi, ses mots précédents car, devant la tranquillité de la femme qui le contemplait comme une mère toise un enfant qui a fauté, il n'en trouvait pas d'autres.

— Elle revient. Elle a décidé de revenir. Voilà.

— Elle a « décidé » ? « L'Égyptienne a décidé », et toi, tu ne décides rien ?

— Je ne peux pas t'expliquer. Je n'y peux rien, elle va être là dans deux heures, il faut que tu partes avant. Je n'y peux rien. Tu peux pas comprendre. Donc voilà.

— Comment ça, tu n'y peux rien ? Comment ça, je ne peux pas comprendre ?

Il haussa la voix. Soudain, fugitivement, ce qu'elle avait aimé chez lui — l'autorité, la note tranchante de la décision, l'intonation impérative qui annihilait toute contradiction autour de lui lorsqu'il travaillait et annonçait ses initiatives — refaisait surface. Il reprenait du volume, du coffre.

— Tu n'as donc que ces deux mots à la bouche : « Comment ça », « comment ça » ?

Puis il cria :

— Écoute, je n'y peux rien, ça dépasse mon contrôle, c'est au-delà de moi. Comment ça, comment ça, tu fais chier avec tes « comment ça » !

Alors, elle perçut ce qui lui avait échappé jusque-là. Il avait peur. C'était la nouveauté de leur face-à-face. C'était cela, l'événement original, cet homme était en proie à un grand effroi. Sur le beau masque de Tom Portman, sur le visage de l'empereur des salles de cinéma, le maître des DVD, le roi de l'image et de tous ses dérivés, l'audacieux entrepreneur, le producteur le plus envié de sa génération, le multiple oscarocésarisé, Caroline découvrait les stigmates de la peur. Et la révélation de cette peur la rendit plus forte, plus véhémente.

— Tu m'as tout le temps menti, lui dit-elle.

— Oui, oui, je t'ai menti.

— Et tu as peur.

— Mais non, je n'ai pas peur. De quoi tu parles ? Peur, moi ? Qu'est-ce que tu racontes ?

— Arrête, Tom, tu es mort de trouille, je voudrais bien comprendre pourquoi. Qu'est-ce qui s'est passé ? Qu'est-ce qu'elle a comme pouvoir sur toi, cette femme, pour que tu nies tout ce que tu m'as dit, tout ce que nous avons fait et vécu ensemble ? De quoi as-tu si peur ?

Il voulut protester sans parler. Avec des gestes de main, un recul du corps, ce corps dont il ne semblait plus savoir que faire. Il s'était assis à son tour, mais de l'autre côté du canapé, et elle le surprit à tirer sur le poignet de sa chemise pour jeter un coup d'œil anxieux à sa montre, une fois, deux fois, trois fois. La colère permettait à Caroline de ne pas trop souffrir devant l'insulte de ce petit geste.

On a beau savoir que, sous toute passion, il y a toujours la permanence d'un danger, lorsque ce danger survient et qu'il efface ainsi cette passion, on a beau savoir, la piqûre peut être mortelle. Mais puisqu'il ne s'est agi que d'une passion — et pas d'un amour —, on peut en guérir aussi rapidement qu'on en a été atteint, à condition que la colère et la lucidité que provoque l'offense prennent le dessus sur le sentimentalisme et sur la nostalgie d'un bonheur déjà obsolète. Cependant, à cet instant, Caroline eut un sursaut de tristesse et la vision fugitive de leur passé commun. Elle ne put résister.

— Comment on les appelait, les oiseaux, sur la plage de Kiwayu, tu te souviens, Tom ?

Il eut l'air effaré.

— Quoi ?

Elle reprit lentement :

— Rappelle-toi, Tom, ils avaient un joli nom, c'étaient des bécasseaux des sables, tu te souviens bien, quand on allait les voir, le matin très tôt, en sortant de la hutte, avec tous ces minuscules bébés crabes qui trottinaient entre nos pieds nus, et on sautillait de peur de les écraser, ou de peur qu'ils nous mordillent.

Il se taisait, la tête baissée. Elle continua :

— Et puis il y avait les bécasseaux, perchés sur leurs pattes, fines comme des aiguilles, des brindilles. Ils sautillaient eux aussi comme nous. Comment ça s'appelait, Tom ? Des sanderlings, c'est ça, des sanderlings. Tu t'en souviens ?

— Arrête, dit-il. Arrête, ça va. Ça suffit.

— On appelait ça aussi des sandpipers. C'est bien ça ? Tu te souviens, il y avait eu ce grand débat avec ce couple d'Anglais au petit déjeuner. Sanderlings ou sandpipers ? Toi, tu optais plutôt pour les sandpipers parce que tu avais appris ça à Malibu. Eux, ils étaient plutôt plus colonial, plus british. Sanderlings, c'était plus chic, moins américain, moins commun. Au fond, moins vulgaire.

Il se leva, tendant un doigt vers elle avec, à nouveau, le ton d'urgence dans la voix :

— Qu'est-ce que tu as, Caroline, tu délires ou quoi ? Qu'est-ce qui te prend ?

Elle se tut. Elle avait versé dans le pathos et elle s'en voulait. Elle lâcha :

— Je ne pouvais pas imaginer qu'on pouvait cesser d'aimer quelqu'un à une telle vitesse.

Et, le disant, elle s'aperçut que c'était la première fois depuis son arrivée dans le loft, avec la surprise de découvrir cette rangée de valises étalées sur le plancher, qu'elle utilisait le verbe aimer. Tom, de son côté, n'avait pas prononcé le mot amour, n'avait pas protesté de son amour pour elle. Dans une circonstance similaire, en général, celui ou celle qui vous abandonne n'hésite pas à clamer des « mais je t'aime », comme pour conjurer le mal qu'il — ou elle — fait. Tom, au moins, sur ce plan-là, n'avait pas eu recours à ce mensonge.

— Très bien, je m'en vais, lui dit-elle, c'est fini. J'imagine que la fourgonnette, en bas, avec Mehdi, c'est toi qui as pensé à ça, pour les valises ? Et où je vais, moi, avec ça ?

Il reprit un ton de commandement, de fermeté, d'organisation des choses : j'ai tout prévu, tout roule, je maîtrise la situation.

— Je t'ai réservé une suite au Royal Monceau.

Elle éclata de rire. Ça lui faisait du bien de rire ainsi. Autant plonger dans le mépris, ça balayait toute possibilité de chagrin. Autant se noyer dans la haine, ça aide. Autant devenir féroce.

— Tu plaisantes, j'espère. Je ne suis pas une call-girl qu'on installe dans un palace. Mais tu es nul, Tom, nul !

Elle répéta :

— Tu es vraiment nul.

Il marmonna :

— Je suis désolé, Caroline, franchement désolé, je suis désolé, mais je ...

Elle l'interrompit :

— Oh, je t'en prie, tais-toi.

Et puis elle hurla :

— Tais-toi ! Ta gueule !

Il se figea, donnant l'impression qu'il ne parlerait plus, en effet, plus du tout. Un gisant, mais un gisant debout. Il attendait, partagé entre plusieurs formes de peur. Elle se reprocha d'avoir crié ainsi. Elle attendit, elle aussi — dans le même mutisme que celui de Portman. Cela dura quelques minutes, puis elle décida de tourner le dos à l'inconnu qu'elle avait eu la naïveté de croire connaître, mais dont il ne lui restait plus déjà qu'une image indéchiffrable. Comme du papier qui crame, qui se rétrécit jusqu'à ne plus former qu'un tas de cendres blanchâtres, un coup de vent le fait disparaître et il ne restera rien. Misère des amours bafouées, des aveuglements du corps et de l'esprit, le cœur qui s'écartèle. On se retrouve à poil, éviscéré, on a été floué de bout en bout, c'est comme ça, il aurait fallu être plus lucide.

Dans l'après-midi même, elle avait fait vider son bureau de la Plaine Saint-Denis. On ne la revit plus dans la compagnie, ni dans le monde du cinéma. Il fallut un bon semestre, sinon plus, pour qu'elle accepte de participer au fameux dîner qu'organisaient, tous les mardis soir, ceux qui étaient restés ses amis, Véronique et Samuel Gretzki, rue de La Planche.

4

Le cri strident d'un chien sauvage m'a réveillée.

Ça m'a rappelé cette nuit que nous avions passée avec Rose, le long de Crissy Field, près du Presidio, l'ancienne base militaire. Le bruit des vagues dans la baie et le bourdonnement continu des véhicules sur le Golden Gate Bridge n'avaient pas empêché que nous entendions les chiens qui rôdaient sur le sable, pas loin de nous. Peut-être cherchaient-ils le corps du suicidé qui venait juste de chuter dans l'eau noire. Rose m'avait dit qu'il suffisait d'attendre et qu'on en verrait au moins un en l'espace d'une nuit. On avait cru discerner une masse sombre qui tombait toute droite, on avait cru que c'en était un. On n'avait pas entendu la chute dans l'eau, il y avait trop de bruit. Rose disait qu'il en tombait un toutes les trente minutes, du pont, mais ce n'était pas forcément le meilleur endroit pour les voir. Nous n'avions pas trouvé mieux. En tout cas, c'était par là que leurs corps revenaient, chassés par la marée, à Crissy Field. Il y avait un vent qui rendait fou, ce soir-là, une atmosphère fantôme. On avait décampé avant que les *cops* arrivent, on voyait déjà la lumière bleutée des gyrophares des voitures qui venaient de loin, sur Mason Street.

Je me suis retournée dans mon lit, doux et protecteur. Le chien avait cessé de crier. Mais je ne me suis pas rendormie et j'ai repensé à ce qui m'était arrivé depuis que j'avais débarqué dans la grande ville.

J'avais d'abord pris un car local qui m'avait transportée jusqu'à Yountville et de là jusqu'à Napa. Dix miles par la 29, la Saint Helen Highway, une route sans histoire qui descendait en ligne droite vers la ville. À Napa, je m'étais rendue dans le centre où se trouve la gare routière, la Napa Transit, sur Pearl Street. J'avais pu monter dans un Greyhound pour San Francisco, disant définitivement adieu aux *wineries*, osant enfin aborder la grande capitale.

Je sentais la présence du *switchblade knife*, dans la poche de mon jean, ce couteau à cran d'arrêt que Miguel, juste avant de remonter dans le pick-up après notre *abraso*, à grands coups de tapes dans le dos, avait posé dans la paume de ma main.

— Tiens, m'avait-il dit, prends ça.

Je l'avais repoussé.

— Ch'suis pas un mec, Miguel. Les filles se baladent pas avec un couteau à cran d'arrêt dans leur poche.

Il avait fermé les doigts sur le couteau en passant sa propre main sur la mienne, comme pour sceller un pacte.

— T'en auras peut-être besoin. Tu es trop seule.

Et, dans son américain qui resterait toujours un peu approximatif, avec sa forte intonation hispanique que je m'étais surprise à aimer entendre, il avait ajouté :

— On sait jamais ce qu'on sait jamais qui peut se produire.

Je ne pouvais pas refuser. J'avais mis le couteau dans ma poche et maintenant, assise dans le Greyhound, j'avais du mal à m'accoutumer à l'objet, j'avais l'impression qu'il prenait une trop grande importance, qu'il s'incrustait dans ma poche, collé contre ma cuisse. Il faudrait que je m'y fasse ou que je m'en débarrasse. Mais, ne fût-ce que pour Miguel qui m'avait tant donné en si peu de temps, je savais bien que je le garderais. Ça m'encombrait, mais c'était là. Il y avait peu de chances que je revoie jamais Miguel, alors, le couteau, c'était un peu lui, avec sa générosité, son refus de l'injustice.

Le bus était plein et j'avais réussi à m'asseoir à côté d'un type en costume de ville sombre, chemise blanche, sans cravate. Il avait un visage à peu près normal, mis à part un petit tic au coin de la lèvre. Il devait être âgé d'une trentaine d'années.

— Je m'appelle Darryl, et vous ?

— Maria.

— D'où venez-vous ?

— Plus haut, les vendanges, la vallée.

Je n'avais pas envie de lui parler, le son de sa voix me déplaisait, à la fois sirupeux et nasillard, mais qui peut et comment échapper à ce rite, si ancré dans nos mœurs, qui consiste à interroger n'importe quel inconnu que l'on rencontre sur l'État d'où il vient, ce qu'il fait, son prénom, sa famille ? Au cours de toutes mes errances en stop, en bus, en train, depuis que j'avais fugué de chez Wojtek et Jana, j'avais été rodée à cet usage — pourtant cela m'indisposait, et si j'avais dû analyser ma réticence, j'y aurais bien vu que je n'étais pas conforme à l'Américaine type. Qui étais-je ? La « Polack ». Elle venait d'où ? Wojtek ne m'avait pas donné d'autres indications que celles, brutales, de ma bâtardise et de mon statut de fille adoptée. Jana la muette, même lorsqu'elle me regardait, certains soirs, avec dans ses yeux un semblant d'apitoiement qu'on aurait pu prendre pour une amorce de tendresse, était incapable de m'en révéler davantage. Pour survivre à ses côtés, j'avais appris, tout enfant, le langage des signes, mais je n'avais pas pu lire, dans le papillonnement de ses doigts, autre chose que des consignes quotidiennes, pratiques, la vie matérielle : faire ceci, faire cela ; aller ici, aller là-bas. Les mouvements de ses mains ne m'avaient jamais livré un sentiment, une idée, son âme.

— Avant la Napa Valley, vous veniez d'où ?
— San Diego.
— Vous n'êtes pas bavarde.
— Ben, non.

Il ne semblait pas troublé par ma réticence. Il avait penché la tête comme pour appuyer son front sur le dossier du siège devant lui.

— Eh bien, moi, je m'appelle Darryl, mais ça je vous l'ai déjà dit — et je vis à San Francisco, mais je suis né dans l'Oregon. Darryl, ça s'écrit avec un seul « l », c'était un prénom de femme à l'époque, mais c'est devenu un prénom d'homme. Vous allez me dire, drôle de prénom. Oui, et puis, souvent c'est un prénom juif, il n'y a pas beaucoup de juifs dans l'Oregon. Y a quand même eu un très grand producteur de cinéma qui s'appelait Darryl — j'ai oublié son nom de famille. De toute façon, on est toujours seul où qu'on soit, n'est-ce pas?

J'ai tourné un peu plus mon visage vers le sien, il souriait et j'ai senti qu'il n'y avait aucune hostilité en lui. Il avait envie de parler, de parler de lui. Je lui ai rendu son sourire et il a eu l'air satisfait.

— Mon métier, c'est chauffeur. Je conduis la voiture d'un monsieur assez riche, et avec sa famille aussi. C'est fatigant parce qu'on est toujours assis, ça vous fiche le dos en l'air et on peut prendre du ventre, mais c'est rassurant, on est à l'abri des gens, on les voit à travers un pare-brise. Bon, bien sûr, il faut sortir de temps en temps, ouvrir et fermer les portes, porter des trucs et des machins, mais dans l'ensemble, vous êtes protégé, on vous fout la paix, vous êtes gentiment installé avec votre solitude assise à côté de vous ou derrière vous, de l'autre côté de la vitre. Et vous, comment vous vous arrangez avec la solitude?

Subitement, il eut une brève série de tics à la croissance de sa lèvre, côté droit du visage. Ça ressemblait à une petite lettre, à un «v» qui s'inscrivait et disparaissait aussi vite sur la partie basse de sa joue et s'accompagnait d'une sorte de clignement de l'œil droit, aussi fugace que le battement de la lèvre. Ce n'était pas laid, mais bizarre, et ça le rendait fragile, il y avait une angoisse indéterminée dans ces courtes contractions, du malheur en réserve. J'ai répondu:

— Je ne sais pas, je ne connais personne, je ne me pose pas ce genre de questions.

— Je comprends pas : vous ne connaissez personne ?

— Non, personne.

— Quel âge avez-vous ?

— Vingt ans, pourquoi ?

— À cet âge-là, on a des douzaines d'amis, non ?

— Peut-être.

Quand on me demandait mon âge, je mentais toujours. Vous dites que vous avez seize ans, les gens s'interrogent immédiatement — qu'est-ce qu'une fille aussi jeune, une « belle fille », en outre, fait toute seule sur la route. Et ses parents ? Et ses études ? Alors je racontais des histoires, je disais que je rejoignais les membres de mon collège en stage d'été, au-delà des montagnes, entre le Nevada et l'Arizona, et ça passait. Quant aux petits boulots, ils étaient tous provisoires, payés au noir, et j'évitais les grandes villes comme Fresno ou Modesto et je montais systématiquement vers le nord, ne m'arrêtant que dans les coins perdus où la main-d'œuvre est bon marché, payée de façon illégale. La Probe, Volta, Tres Pinas. Les employeurs se moquaient bien de connaître mon âge et d'où je venais et où j'allais. Mes papiers suffisaient, j'avais falsifié la date de naissance avec l'aide d'un Chinois rencontré à Vallejo, il faisait ça pour cinquante dollars, un vrai expert. Je savais très bien mentir, avec mon sourire sincère sur ce visage dont ils disaient tous qu'il avait « quelque chose d'angélique ». D'une manière générale, les jobs ne duraient pas. Le plus long, ç'avait été la Winery Calistoga, là-haut dans la vallée, mais il avait fallu que ces trois salauds me balancent dans le fossé avec l'aide de Sally, la vipère du camp. Dans l'ensemble, depuis que j'avais quitté

San Diego, j'avais traversé la Californie en long et en large, je ne m'étais pas mal débrouillée. J'avais craint que Jana et Wojtek ne lancent un avis de recherche et qu'on affiche ma photo sur les murs des commissariats où dans les computers des flics de la route, avec celles de milliers d'autres *missing persons* qui s'évaporent tous les jours sur l'immense continent, mais il ne s'était rien passé de la sorte. Mes parents adoptifs n'avaient fait aucun geste. Peut-être s'étaient-ils dit : « Bon débarras. »

Peut-être Wojtek avait-il pensé : « Elle reviendra. »

Comme si je pouvais avoir l'idée de revenir pour retrouver celui qui, certains soirs, s'habillait du grand manteau.

J'évoluais donc en solitaire à la recherche de quelque chose. Et ma principale préoccupation demeurait la distance qu'il fallait savoir conserver avec les hommes. C'était tellement variable. Parfois, dans certaines circonstances, je m'étais enlaidie, salissant mes joues avec du charbon, mettant du coton à l'intérieur des parois de la bouche pour ne pas trop plaire à un contremaître, à un chef de rang en cuisine, le recruteur d'un champ de pommes dans la San Joachin Valley. Parfois, en revanche, je savais qu'il était nécessaire de faire ressortir ma beauté dans tout son éclat. Alors, ce n'était pas très difficile. Il suffisait de secouer les cheveux, de relever la tête, trois touches de rouge, un petit coup de pinceau, de se cambrer et de marcher d'une certaine manière. D'onduler. De bouger le corps comme la vague, douce, lente, déroulant sa soie bleu, émeraude et blanc, la vague parfaite de Piedras Blancas ou de Big Sur — ou un autre soir, avec un ciel de nuit immaculé, au-dessus de Half Moon. J'avais dormi nue dans mon sac de couchage sur le sable jaune, les yeux vers les étoiles. La vague, sous la lune, avait été féerique.

Au bout d'une heure et demie de trajet, alors qu'on arrivait aux abords de San Francisco, je n'éprouvais plus aucune défiance à l'égard de Darryl. Je m'étais faite à la musique particulière de sa voix, et ce qui m'avait paru déplaisant dans son timbre me rassurait. Je ne prêtais plus aucune attention à son tic minuscule. Il n'avait en rien tenté de me séduire et, s'il s'intéressait à moi, ce devait être pour d'autres raisons. Comme avec Miguel, je m'apercevais que les seuls hommes avec lesquels je me sentais capable de ne pas me masquer étaient précisément ceux qui n'accordaient pas d'importance à mon apparence, à ma poitrine ou à mes fesses, à ma taille ou à mes hanches, à mes yeux ou à mes lèvres. Ceux qui ne s'intéressaient pas à mon sexe m'intéressaient. Darryl m'a donné l'adresse d'un petit hôtel bon marché dans Mason Street.

— Quartier hispanique, pas trop d'affrontements, pas trop de drogués. C'est un peu sauvage, mais beaucoup moins dur que L.A. Et si tu cherches du boulot, va faire un tour à Glide Church, consulter les petites annonces.

Puis il m'a laissé un numéro de téléphone inscrit sur son billet de Greyhound bus :

— C'est celui de la limousine que je conduis. Si tu as envie de bavarder. T'es vraiment sûre que tu ne connais personne à San Francisco ?

— Sûre, mais ça n'est pas grave.

On s'est quittés sur ces mots. Lui, c'était pas comme Miguel, quelque chose me disait que je le reverrais un jour.

Dans la ville basse, près de Union Square, il y avait un quartier pourri, Tenderloin. J'y ai navigué de jobs en jobs pendant plusieurs semaines. Ceux avec qui je m'entendais le mieux, c'étaient les plus démunis, les *drifters*, les vagabonds, les sans-papiers, les inoffensifs miséreux et sans force, sans aucune intention de me nuire. Comme je vivais avec peu de dollars, il m'arrivait souvent de les retrouver à la distribution des vivres, à partir de midi. Ils sentaient la vinasse, leurs yeux s'allumaient à la vue d'une mignonnette de rhum ou de vodka, exhibée par un voisin plus chanceux qui avait fait une bonne manche et récupéré de quoi s'alcooliser. Il y avait de tout, à Glide Church. Des Blacks, des Asiatiques, des Latinos. Leur infirmité mentale et psychologique se lisait aisément sur leurs visages dévastés. Je ne sais pourquoi, j'aimais écouter leur bla-bla-bla insignifiant.

— Tu es jeune, tu es belle, qu'est-ce que tu fais parmi ces clodos, c'est pas ta place. Ta place, elle est de l'autre côté, avec nous. Viens travailler avec nous, m'a dit un jour une grosse fille à lunettes que j'avais rencontrée au foyer YWCA où j'avais décidé de m'installer.

C'était moins cher que l'hôtel Miranda, et moins dangereux. Il y avait moins de mains qui traînent et de regards invitants et faux. Certes, il y avait les

84

filles qui aiment les filles et qui lançaient leurs œillades ou leurs avances, mais si vous leur faisiez comprendre que ce n'était pas votre choix, elles vous laissaient relativement tranquille.

J'ai répondu à la grosse fille à lunettes :

— Ça veut dire quoi, travailler avec vous ?

— Servir la soupe populaire, par exemple.

Elle s'appelait Rose. Elle n'était pas tellement plus âgée que moi, quelques années tout au plus. Elle avait des cheveux roux et des yeux qui pétillaient, des petites lumières partant dans toutes les directions. Elle portait une sorte de doudoune blanche avec des fleurs jaunes brodées au-dessus des poches. Le vêtement accentuait encore un peu plus la rondeur de ses formes, mais Rose semblait indifférente à son allure. Elle avait l'air placide, éternellement souriant, de ces filles qui ont accepté leur grosseur et qui, l'ayant acceptée, parviennent à mieux s'intégrer à toute communauté. Au point de faire de leur obésité un atout de charme, comme si l'ingratitude de leur physique permettait d'aller plus vite dans la connaissance de l'étranger, d'entamer plus aisément une relation — on ne résiste pas à un gros qui sourit, dans la société de compassion américaine

J'ai dit à Rose :

— C'est bien payé, ce truc ?

Elle a ri.

— Non, c'est très mal payé et même des fois c'est pas payé du tout. Mais, tu verras, ça fait beaucoup de bien de faire du bien aux autres. Tu peux pas savoir à quel point c'est gratifiant de distribuer de la bouffe à des gens qui attendent ça comme un cadeau. Et puis, au moins, et au passage, tu manges à l'œil tous les jours.

— J'ai pas besoin, je gagne ma vie, je peux très bien me nourrir.

La grosse Rose a pris mon avant-bras par en dessous, le geste favori des *touchy-feely*, ceux qui touchent et qui sentent, tout en continuant de rire. Elle ne pouvait parler sans rire, c'était comme l'accompagnement d'une musique sur les mots d'une chanson. Chez d'autres, c'eût été exaspérant. Avec Rose, c'était entraînant, un fond sonore, une simplicité dans la joie d'être.

— Ne te défends pas, Maria, on a bien compris que tu te suffis à toi-même. Tu sais comment on t'appelle au YWCA? *The lonely one.* La toute seule. Moi je te vois, quand je passe devant l'épicerie du Syrien, quand t'es en train de vendre tes paquets de Doritos à des Coréens ou à des Salvadoriens, et je me demande ce que tu cherches, qu'est-ce que tu fais de ta vie?

— Je ne sais pas, lui ai-je dit. Je veux devenir quelqu'un d'autre que moi.

Rose ne s'était pas trompée. J'ai éprouvé une curieuse satisfaction à plonger la louche en laiton dans la grande cuve pleine de soupe aux haricots noirs et à en reverser le contenu fumant dans les assiettes, les gourdes et les gamelles des clochards et des paumés de Glide Church.

Ils défilaient devant moi, nous n'étions séparés que par le long tréteau de bois gris, installé dans le vaste foyer attenant à l'église, et je lisais sur leur visage la résignation, la perte d'énergie et de désir — ce poids lourd des circonstances, ce regard à la fois apeuré et vindicatif né des blessures et accidents qui finissent par détruire dignité et volonté pour vous faire entrer dans les chemins de la déréliction. À mesure que je me familiarisais avec ces figures et ces personnages, je me renforçais dans la conviction qu'il ne faudrait jamais leur ressembler. Je pouvais les aimer et les comprendre, puisque j'avais croisé nombre de leurs semblables au cours des saisons, pouce levé, sur les routes, en maraude ou dans les trains de marchandises, au cours de mes jobs provisoires, mais je n'étais pas prête à rejoindre l'armée des vaincus. Ils n'étaient pas partis dans l'existence avec plus de handicaps que moi. J'avais sur eux un avantage qui ne se mesure pas, que l'on ne définit pas. Orgueil de ma jeunesse, conscience de ma beauté, obsession de revanche. Certitude qu'il allait m'arriver quelque chose.

On servait aussi de la soupe de brocolis mouillés, mélangée d'une lourde sauce béchamel qu'on saupoudrait d'une poussière de biscuits écrasés. Ces galettes sèches et sans saveur étaient fournies par les dames de charité des beaux quartiers, les bourgeoises descendues de Pacific Heights, de Nob Hill, ou de plus loin encore, comme Noe Valley. On les voyait débarquer tous les mardis au volant de leurs rutilants 4 × 4 ou de leurs Coccinelle *vintage* et bien lustrées, les bras chargés de sacs de provisions. Elles avaient consacré leur lundi au démarrage d'une nouvelle semaine, après un week-end au ski, à la mer, à la montagne, chez des parents ou des amis, ou dans leur demeure secondaire, il leur fallait donc tout remettre en marche : mari, enfants, organisation de la maison, reprise de leurs propres activités semi-professionnelles, leurs alibis. Après quoi, il y avait le mardi, c'était le matin de la solidarité, de la charité, ce qui vous permettait d'enchaîner un mercredi sans mauvaise conscience et dynamique, lequel annonçait un jeudi de plein rendement pour déboucher enfin sur un vendredi frénétique, lui-même promesse d'un nouveau week-end — mon Dieu, quelle vie et quelle absorption de votre énergie et de votre personne !

Elles étaient plutôt jeunes, trente à quarante ans — bien construites, des corps qui s'entretiennent, elles s'habillaient sans ostentation, on ne vient pas voir les pauvres en talons, bijoux ou jupes courtes —, elles portaient souvent des jeans et des *cargo pants*, des *running shoes* ou des *Belgium shoes* plates, un bandana autour du cou ou formant le chignon de leurs cheveux bien propres, et malgré leurs efforts méritoires pour dissimuler l'aisance, voire l'opulence, les moyens qui leur avaient été donnés par leur mariage, leur héritage familial ou leur réussite sociale, elles ne pouvaient empêcher qu'il se dégageât, lorsqu'elles s'avançaient vers nous, souriantes et pénétrées de l'importance de leur acte, une aura de supériorité, un nuage de bonne éducation et de bonnes manières, l'odeur confortable du dollar ancien et honnête. L'une d'entre elles vint un jour vers moi :

— Je peux vous parler en tête à tête lorsque vous aurez fini ?

— Si vous voulez. Pourquoi ?

— Je vous expliquerai. Je m'appelle Tea — Tea Stadler. Je suis Mme Edwin Stadler.

— Moi, c'est Maria.

— Maria quoi ?

— Maria Wazarzaski.

— Ah, étrangère ?

— Si l'on veut, oui.

— Très bien, parfait. C'est exactement ce que j'avais deviné. À tout de suite, Maria. Je vous attendrai dehors, devant ma voiture, c'est une Volvo rouge et noir.

Elle était blond cendré, un teint apparemment naturel — elle avait un nez court et pointu, des lèvres fines, un menton comme le nez, des yeux noisette à l'éclat dur et poli de la prunelle d'oiseau. Je l'avais déjà remarquée à plusieurs reprises, avec son allure féline, ses gestes rapides et économes, comme possédée par l'importance du temps qu'il ne faut pas gâcher. Il y avait, dans l'attitude de son corps, une sorte de nervosité cachée, une urgence, la nécessité de faire, d'agir.

— Écoutez-moi, me dit-elle, lorsque je l'eus rejointe hors du foyer. Nous avons perdu notre fille au pair. C'était une Écossaise, impeccable, mais elle a cru bon de partir s'installer à Hawaï avec son *boy-friend*. Comme ça, sur un coup de tête. Incroyable de la part d'une Écossaise. Vous avez un *boyfriend* ?

— Non, aucun.

— Parfait. Écoutez, Maria, je vous ai souvent observée à l'église. Et j'ai parlé avec mes amies. Elles ont toutes la même impression que moi. Elles vous ont passée au scanner. D'abord, vous êtes ravissante, OK, mais surtout, vous nous donnez l'air d'être particulièrement affûtée, aiguisée, préparée. Je me trompe ?

— Préparée à quoi, madame ?

— À vous occuper d'enfants. À tenir un rôle d'*au pair*. Vous en avez l'envergure. Vous savez, Maria, ici, les *au pair girls*, on ne peut leur faire confiance que si elles ont un *background* étranger. Les filles américaines, ça ne vaut rien, pardon de dire ça, mais c'est la vérité, il n'y a qu'en Europe qu'on trouve ce mélange de rigueur, de propreté, de dévotion à son travail, d'humilité. Les Brits sont parfaites, mais on trouve d'excellentes Allemandes, des Roumaines aussi, et des Polonaises, comme vous, Maria, puisque j'imagine que vous êtes polonaise. Les Polonaises sont considérées comme parmi les meilleures, avec les Écossaises. Mais aujourd'hui, depuis la démission inadmissible de notre *au pair*, l'Écosse n'a plus beaucoup la cote à Noe Valley !

Elle avait dit cela avec un petit rire sec. Elle allait vite, inarrêtable. Son débit était aussi véloce que le moulinet de ses deux mains avec lequel elle accompagnait ses propos, sa proposition. À toutes les questions qu'elle me posait, je répondais par des mensonges. Je racontais que j'étais en année sabbatique après avoir achevé mes études au Collège de San Diego et que j'avais choisi de vivre parmi les miséreux de San Francisco afin de compléter une thèse sur la pauvreté en milieu urbain. J'étais née aux États-Unis, certes, mais mes parents étaient polonais et m'avaient encouragée à vivre cette expérience, de façon autonome, en toute indépendance. J'aurais pu, en réalité, lui dire n'importe quoi, Tea Stadler aurait tout accepté sans broncher et sans vérifier tant elle semblait déterminée à me recruter.

— J'ai pris ma décision à la minute où je vous ai remarquée lors de la distribution des repas. La manière dont vous serviez la soupe. Votre visage. Vous avez, vous possédez la carnation camélia. Ça ne trompe jamais, ça !

Je n'ai pas bien compris ce qu'elle voulait dire, mais j'ai souri.

Elle avait esquissé un court geste de la main vers mes joues, sans les effleurer. Elle a ajouté :

— Bien entendu, je pourrais avoir recours à l'agence qui fournit des *au pair* à toutes les familles. Mais ça va prendre des milliards de jours et je ne peux pas faire face à un tel trou dans mon espace de temps, il faudrait interviewer toutes sortes de filles, tout ça est interminable. Je préfère vous choisir. Je suis sûre que j'ai raison. Vous savez, Maria, je ne me trompe jamais sur quoi que ce soit ou qui que ce soit.

J'ai cru qu'elle allait rire et faire preuve d'un semblant de dérision. Mais il n'en fut rien. La femme qui avait toujours raison a continué de parler :

— Je vous propose un test d'un mois. Vous hésitez, je vois, c'est vrai qu'un mois c'est court, alors disons deux mois. Vous pouvez commencer demain ?

Elle avait extrait de l'une des poches de sa saharienne jaune sablé un petit appareil noir qu'elle consultait en tapotant à un rythme accéléré de ses ongles méticuleusement soignés.

— Demain m'arrangerait réellement, car j'ai déjà trois rendez-vous dont un à Oakland, et je n'aurai personne pour conduire Randolph et Lilian, puisque mon Écossaise a pris la fuite dans la minute, sans préavis, ce qui est inadmissible. Randy et Lili ont à peu près un an d'écart, ça ne fait qu'une conduite puisqu'ils vont à la même école, la seule valable dans cette ville. Vous serez nourrie, logée, payée au tarif habituel des *au pairs* de classe européenne. Vous êtes d'accord, bien sûr.

Elle n'avait même pas prononcé son « bien sûr » sur un ton d'interrogation. Pour elle, c'était une évidence. Je n'ai pas refusé.

Neuf mois plus tard, alors que j'envisageais, avec une espèce de soulagement qui parcourait tous mes membres, la perspective de n'avoir rien à faire dans les deux heures qui allaient suivre, Edwin Stadler me fit savoir par Lloyd, le *butler*, qu'il m'attendait dans son bureau.

J'avais préparé le dîner des enfants — ils étaient entre les mains de leur professeur de tennis qui les restituerait à leur professeur de piano, laquelle m'avait promis de les récupérer au club, de les raccompagner à la maison pour leur leçon ce qui, bien calculé, signifiait que j'allais pouvoir m'offrir du vide pur, du temps à moi, dans le luxe et le silence de la demeure Stadler, au fond de Red Rock Way. Ces moments-là survenaient rarement. Alors je fermais à clé la porte de ma chambre aux murs peints de crème et de bleu, me dénudait, prenait une douche chaude et longue, et suffisamment chaude et longue pour que je me donne un peu de plaisir avec mes doigts, puis je m'étendais sur le lit, ouvrais la fenêtre et écoutais les oiseaux venus de Glenn Canyon Park et je pensais à la mer. Le plaisir avait été court, j'ignorais même s'il s'agissait de plaisir, à peine un spasme, comme une fugace sensation satisfaite et néanmoins frustrée — j'en veux encore, je vais recommencer, c'est trop bref, je n'ai pas pu comprendre si c'était bon, je ne sais pas vraiment ce qui est bon, mais enfin, elle était à moi, cette intime secousse, et c'était bien, avec le sommeil, la seule chose qui m'appartenait, car l'agenda de la famille Stadler exigeait chaque parcelle de votre attention, de vos efforts, une perpétuelle concentration pour faire face à toutes les tâches requises, assurer à Randolph et Lilian la présence, l'affection, l'humour, la complicité, l'aide scolaire, la chaleur — tout ce que Tea et Edwin Stadler ne semblaient pas avoir le temps de leur donner.

Je ne me plaignais pas. Je vivais dans un autre univers, avec d'autres codes de conduite, j'apprenais un autre langage, il y avait d'autres moyens auxquels j'avais goûté sans y avoir été préparée — le monde de l'argent, tout ce qui, autrefois, semblait quotidiennement difficile et relevait aujourd'hui du domaine de l'évidence : transport, nourriture, vêtements, communication. Tout était propre et entretenu, sarclé, quadrillé, comme ces grandes pelouses éternellement fraîches qui entouraient la demeure. Aucune herbe folle, aucun trou de taupe, aucun déchet. Tout était à l'image de la folle obstination perfectionniste de Tea Stadler dont je trouvais, chaque matin, la liste graduée au cordeau des consignes et devoirs qui m'étaient assignés. Il me semblait parfois que j'étais passée de la suie, la crasse, la promiscuité, le temporaire, le danger et la poussière, à un état de blancheur lunaire, de neige immaculée, la sécurité, l'ordre quasi maniaque des jours et des heures. Et j'avais beau m'être vite adaptée à cette existence nouvelle, en aimer les privilèges qui compensaient ces contraintes, je conservais la peur qu'on m'expulse un jour, puisque je n'appartenais pas à ce monde. La raison pour laquelle trois hommes m'avaient — il y avait déjà plus d'un an —

balancée d'un camion ne tenait peut-être qu'à cela : ils avaient senti que je n'appartenais pas à leur classe. Quelque chose en moi les avait dérangés au point de m'expédier dans la vase d'un fossé de Napa Country. Mais j'appartenais encore moins à la société de la ville haute de San Francisco — et, le sachant, je vivais dans un constant état d'éveil. Méfiance était mon nom.

Edwin Stadler était un homme de très haute taille au teint basané, aux yeux bleus et perçants, aux cheveux noirs abondants, coquettement coiffés avec une raie sur le côté gauche, et dont le visage était strié, de part et d'autre, par des rides verticales qui trahissaient autant le scepticisme que la distance patricienne qui interdit l'expression trop voyante de toute émotion. Peut-être, aussi, ces stigmates provenaient-ils de sa pratique acharnée des sports de plein air, la voile de compétition au large de la baie, ainsi que l'alpinisme.

Il avait de l'humour, respirait l'intelligence, s'exprimait dans une langue étudiée, méticuleuse, chaque mot comptait, et le tout sur un rythme aussi posé qu'était frénétique le débit de son épouse.

Il se leva de derrière son bureau en vieil acajou pour me faire asseoir, d'un geste de la main, dans l'un des fauteuils de cuir sombre disposés dans l'angle droit de la grande étude.

— Alors, Maria, me dit-il, comment allez-vous ?

— Très bien, monsieur, dis-je. Très bien.

— Je vous aurais volontiers reçue dans l'un des bureaux de nos immeubles en ville, mais c'est un peu loin pour vous, le Financial District, et il se trouve que j'avais, par exception, quelques papiers personnels à consulter cet après-midi ici. Aussi, lorsque, j'ai appris par Lloyd que vous n'étiez pas avec les enfants, ai-je pensé que nous pourrions avoir cette conversation dans ce salon.

L'amabilité banale du préambule me troublait. Dehors, il faisait beau, on pouvait, par la fenêtre, voir voler d'innombrables et légers flocons jaunes de pollen, venus d'un massif géant de mimosas, que je savais situés en contrebas de la pelouse principale.

— Maria, vous faites l'adoration de mes enfants, ils ne jurent que par vous. Et Tea qui, vous le savez, est l'exigence personnifiée, me semble presque complètement satisfaite. Ce qui est rare. Vous me frappez comme une jeune fille d'une très grande intelligence. Vous êtes discrète, vous parlez peu, on voit que vous observez tout et que vous emmagasinez tout. Vous êtes très psychologue. À votre âge, c'est étonnant.

Il se tut. Je me sentis obligée de murmurer :

— Merci, monsieur, vous me flattez.

Il balaya l'air d'un revers de main.

— Non, non, je me suis même demandé d'où pouvait vous venir ce don d'observation et, par ricochet, cette capacité précoce de jugement que vous semblez posséder.

Il me regardait de ses grands yeux clairs tout en parlant. Il marquait des pauses. Je ne voyais aucune raison de le remercier à nouveau.

— Car vous n'exprimez pas votre jugement, vous êtes trop délicate, mais on voit bien que vous l'avez entériné et puis, depuis le temps — cela fait combien de mois que vous êtes avec nous, huit ?

— Bientôt neuf, monsieur Stadler.

— Neuf, c'est cela. Depuis le temps, donc, j'ai pu mesurer votre sang-froid. Au moins par deux fois, sur le yacht aux Farallon Islands où vous avez été très courageuse. Et ensuite, dans la villa, en Jamaïque, quand, pendant les vacances, il y a eu ce petit coup de vent.

Il s'attendait que je réagisse et je l'ai donc fait.

— Ce n'était pas un coup de vent, sir, c'était un cyclone.

Il a pris un air avantageux et il a fait la moue.

— Enfin, oui, disons, un gros coup de vent. Il ne faut jamais verser dans l'hyperbole. En tout état de cause, vous vous êtes remarquablement comportée. Les enfants vous en sont très reconnaissants et nous aussi, d'ailleurs. Par conséquent, nous serions véritablement attristés — et je ne parle pas de Randolph et Lilian qui en feraient une tragédie — si vous deviez quitter la famille Stadler.

— Mais… Je n'en ai pas l'intention.

Il fronça les sourcils.

— Attendez, je ne comprends pas, Tea m'avait dit que vous étiez en année sabbatique. Or elle va sans doute se terminer dans quelque temps, non ?

— Oui, mais je peux tout à fait la prolonger. Ma thèse peut attendre.

Je commençais à voir poindre sur son visage un sourire dont je ne pouvais discerner s'il était bienveillant ou carrément ironique.

— Ah bon. Et qu'en disent vos parents ?

— Je ne les ai pas encore informés. Ils seront d'accord, j'en suis sûre.

— Vous leur parlez souvent ?

— À vrai dire, non.

Les questions se faisaient plus brèves.

— Comment vont-ils?

— Très bien, monsieur, très bien.

— Vous les voyez souvent?

— Eh bien, un week-end sur quatre, comme cela a été prévu dans la convention que j'ai signée avec Mme Stadler.

Il croisa puis décroisa ses longues jambes. Sur un ton plus léger, moins incisif, il continuait de dévider le fil de sa pelote de questions.

— Vous y allez comment, à San Diego? La navette? Racontez-moi comment cela se passe.

— Je ne comprends pas le sens de votre question, monsieur.

— Bien sûr que si, vous comprenez, Maria. Comment ça se passe? Ça m'intéresse. Vous vous faites conduire par Lloyd, le *butler*, à la gare routière et de là vous prenez une navette pour l'aéroport. Là, vous achetez un billet aller-retour pour San Diego, c'est cela?

— Oui.

— C'est ainsi que cela se passe?

— Oui.

Il poussa un petit soupir. Sa voix devint plus sèche. L'ironie n'avait disparu ni de son ton ni de son sourire, ce mince et aristocratique dessin sur ses lèvres d'homme mûr, riche, puissant et qui n'allait plus attendre maintenant pour m'asséner ce que j'avais senti arriver — ce pour quoi il m'avait invitée à « converser ».

— Non. Ce n'est pas vrai. Je vais vous dire ce qui se passe: vous vous assurez que le chauffeur est bien reparti, vous sortez de la gare routière et là, par divers moyens — ce peut être par le Bart, le Muni, le *cable car* ou même à pied quand il fait beau —, vous vous dirigez, votre sac de voyage à la main, vers la YWCA, dans Sutter Street, où vous séjournez pendant tout le week-end, sans trop en sortir d'ailleurs, sauf pour aller vaquer dans Tenderloin avec une jeune femme nommée Rose, avec qui vous partagez vos repas. Ou alors vous allez grimper sur les hauteurs de Sutter Park ou à Point Lobos, et là, vous vous asseyez seule et vous passez des heures, parfois des journées entières, à contempler le Pacifique. Je me trompe ?

Je n'ai pas répondu. Il a continué :

— Vous passez aussi des nuits à traîner près du Presidio, sous le pont, avec votre amie Rose. Mes enquêteurs me disent qu'ils ont l'impression que vous êtes tout le temps en train de surveiller le pont, la tête en l'air. Suis-je assez précis ?

J'ai eu la même expression plate et silencieuse. J'ai remué la tête. Il a fait un geste ample des bras, comme pour démontrer son indulgence et son souci de balayer tout nuage.

— Je ne vous accuse de rien, Maria, d'autant que vous êtes totalement libre de vos faits et gestes une fois que vous avez quitté la maison. Mais il se trouve que j'aime comprendre. Et comme, par ailleurs, vous êtes quand même trop intelligente pour ne pas imaginer que je ne pouvais laisser pénétrer une inconnue dans notre famille sans en savoir un peu plus sur elle, j'ai fait procéder à une enquête pour démêler la part — considérable, tout de même — des mensonges avalés, dans son expéditif souci de trouver une remplaçante à notre précieuse Écossaise, par mon épouse Tea, qui ne se trompe jamais, n'est-ce pas ?

Il attendait que j'approuve la pointe de moquerie à l'égard de sa femme, et que j'entre dans son jeu. J'ai hésité, puis j'ai décidé que je n'avais plus grand-chose à perdre.

— En effet, monsieur Stadler, tout le monde sait que votre femme ne se trompe jamais.

Il a répété :

— N'est-ce pas ?

Puis il a eu une sorte de gloussement complice, et je me suis demandé si je n'avais pas ainsi subrepticement, et pour la première fois depuis que j'évoluais au sein de cette famille, oscillé d'un côté du pouvoir conjugal plutôt que de l'autre — et si, de cette façon, j'avais gagné quelques points en ma faveur auprès d'Edwin Stadler ou si, en revanche, je ne venais pas de commettre une erreur de goût et de placement, ce qui m'aurait condamnée. C'était périlleux, ce court échange, et je n'étais pas préparée à marcher sur de la glace aussi fragile. J'avais beaucoup appris en près d'un an à l'écoute et au contact des évolutions subtiles de relations au sein de ce couple, comme au spectacle de toutes celles et ceux que ma situation de fille au pair m'avait amenée à fréquenter. J'avais engrangé une masse singulière de données sur les us et coutumes, bonnes et mauvaises manières, tabous et conventions, comédies et hypocrisies, concessions et compromis, qui régissaient l'univers des riches de la haute société de Californie du Nord — mais je n'avais que très rarement été moi-même impliquée dans ces jeux. Et je me suis crue suffisamment vulnérable pour décider d'atténuer le parti que je venais de prendre.

— Sans avoir voulu caricaturer, monsieur, je voulais dire qu'en effet votre femme ne se trompe pas, puisque, et vous me le dites vous-même, je vous l'ai prouvé depuis neuf mois. Son intuition au sujet de ma personne était bonne.

Il a paru comme encouragé par ce rajout. Le chat ronronnait devant la souris qui ne s'était pas encore fait croquer. On eût dit qu'Edwin Stadler prenait un malin plaisir à ce qui venait de se passer. Puis il retrouva son parler plus autoritaire et dominateur. Il fallait remettre les choses à plat.

— Certes, jeune fille, certes, mais elle s'est néanmoins trompée, Tea, je vais donc reprendre ma phrase — où en étais-je? Oui, à peu près cela, oui: « les mensonges que mon épouse avait gobés » — j'ai donc, et j'en possède tous les moyens, fait procéder à une enquête détaillée. Et, effectivement, le mensonge est assez gros. Il est même énorme. Vous n'avez pas l'âge que vous annoncez. Vous avez fugué de votre domicile à San Diego depuis plus de deux ans, vos parents ne sont pas vos vrais parents, ils vous ont soumis à un régime de travaux manuels qui vous a fait nombre de fois déserter l'école — passer quelques moments désagréables devant les juges pour enfants — et puis, bien évidemment, vous avez fugué. Vous ne détenez aucun diplôme d'aucun collège, d'ailleurs. Et personne, pas même mes investigateurs, ne peut entièrement retracer vos déplacements à travers la Californie et une partie du grand Ouest, puisque — et c'est là mon véritable étonnement — vos parents, M. Wojtek et Mme Jana Wazarzaski, que vous n'avez jamais revus depuis que vous avez quitté San Diego, n'ont, de leur côté, jamais cherché à vous retrouver ou à signaler votre disparition. Cela dépasse l'entendement. Et ça, je souhaite vivement le comprendre.

Il s'arrêta et, sur le même registre égal et courtois, me proposa de boire un verre d'eau. Il y avait, sur la tablette proche du fauteuil, un plateau garni d'une Thermos et de deux verres. Nous nous sommes servis, moi debout à ses côtés, lui restant assis, et pivotant de son corps avec cette grâce et cette aisance propres aux grands sportifs, cette souplesse qu'on devinait derrière le costume croisé de lin gris. Nous nous frôlions. Mes hanches étaient à la hauteur de ses épaules. J'ai craint un instant que, comme tant d'hommes que j'avais approchés, il n esquisse un geste, l'amorce d'une caresse, mais j'aurais dû mieux comprendre que je n'étais pas face à la même sorte d'individus, l'immense famille des frôleurs. Edwin Stadler se fichait bien de sensualité ou de séduction. Il réfléchissait. Il buvait.

Je me suis assise à nouveau en face de lui. Puisque le gras de la dissimulation avait été coupé à ras par la lame impérative de la vérité révélée, je me suis sentie libre, et la tension qui m'avait gagnée depuis que cette étrange séance de déchiffrage avait commencé a disparu. Je lui ai souri sans embarras. Il m'a renvoyé un sourire presque éclatant, comme si le silence que nous avions respecté pendant l'intervalle du verre d'eau l'avait diverti. Puis il a repris son discours.

— Vous avez, décidément, beaucoup de sang-froid. Vous ne m'avez pas interrompu, vous n'avez pas protesté, vous n'avez pas éclaté en sanglots comme l'aurait fait n'importe quelle jeune fille de votre statut prise en flagrant délit de mensonge. Nous avons évité toute crise de nerfs. Bravo ! Comme je vous l'ai dit au début de notre entretien — mais est-ce bien un entretien puisque je parle et que vous vous taisez —, vous êtes douée de très grandes qualités. Il est évident, dans le monde dans lequel nous vivons, que le talent du mensonge est une arme essentielle — je peux le juger chaque jour face au spectacle de mes contemporains, dans les affaires, comme dans le privé — et, dans ce cas, vous êtes très bien outillée pour avancer dans l'existence.

Il a pris à nouveau un temps, et a affermi sa voix :

— Je vais vous dire ce que j'ai décidé.

Il avait posé ses deux longues mains sur le plat de ses cuisses et avait penché son buste dans ma direction.

— Rapprochez-vous de moi, m'a-t-il dit. Je vais vous parler comme on s'adresse à un gangster adulte.

J'ai adopté la même attitude, buste incliné vers lui, si bien que nous étions les yeux dans les yeux et que nos visages auraient pu se toucher.

— Alors, plusieurs choses. 1 : cette conversation reste strictement entre nous. Ma femme ne sait rien des enquêtes que j'ai fait mener à votre sujet. 2 : je vous garde comme fille au pair pour nos enfants. Votre contrat est renouvelé. 3 : ce n'est plus la peine de faire semblant de vous faire conduire par Lloyd à la gare routière afin d'aller ensuite à l'aéroport comme si vous partiez pour San Diego. Ce n'est plus la peine, sauf si vous en avez envie, de vous cloîtrer au YWCA un week-end sur quatre — mais, quatrièmement, vous devez tout de même donner le change, donc, débrouillez-vous. 5 : et c'est le plus important. Rien de ce que je viens de décider n'est valable si vous ne m'expliquez pas pourquoi vous avez fui et avez menti. Vous me racontez, maintenant. 6 : vous pouvez me faire confiance. Je ne vous demande rien en échange, mais j'en reviens au cinquième point : d'abord et avant tout, j'ai besoin de comprendre.

De façon brusque, j'ai ressenti la même impression d'un éparpillement de tout mon être et de mon passé, cette luminosité vive, semblable à ce qui m'était arrivé lorsque j'avais chuté dans le fossé à Napa Valley.

Aucun être ne veut livrer son âme.

Fallait-il que je raconte — en étais-je seulement capable, sans que la honte me gagne et paralyse mon langage —, fallait-il que je dise les séances nocturnes, en général une par semaine, aussi ponctuelles que les aiguilles d'une horloge donnant l'heure, de l'homme au manteau noir ? Fallait-il décrire comment, dès ma très précoce puberté, Wojtek avait imposé cette cérémonie secrète ? Comment sa lourde et laide carrure apparaissait sur le pas de la porte de ma chambre, et avec quelle expression béate et imbécile sur son visage, il déboutonnait lentement le manteau noir pour se montrer nu ? Comment, étape par étape, à mesure que je devenais femme, lentement, pesamment, en jouant sur ma peur, mon ignorance, la terreur de la vie, il m'avait conditionnée pour me faire passer du regard au toucher et du toucher au lécher de cette lourde et laide chose qui lui servait de sexe ? Comment il parlait avec cette détestable répétition de formule : « Personne ne saura, il ne faudra parler à personne — ça que

je dis que c'est personne qui sait.» Ou encore.
«Ça que je peux faire, ça que je te fais, je peux le
faire, puisque tu n'es pas ma fille vraiment, pas
réellement, tu ne l'es.» Ces mots qu'il égrenait de
façon litanique, quasi hypnotique avec pour martè-
lement final : «Que tous les hommes font ça, ça
que les hommes, ils le font tous.» Et comment,
dès que j'eus atteint ma quinzième année, je déci-
dai qu'il me faudrait partir — car j'étais en train
de devenir prisonnière d'une habitude perverse et
abêtissante. Ce qu'ils ont fait une fois, les gens le
recommencent indéfiniment, quand ils ne le ren-
forcent pas. Enfin, fallait-il donc aussi détailler la
nuit du premier — et du seul viol ? La nuit qui
précéda ma fuite ?

Aucun être ne veut livrer son âme. Le choix qui
s'offrait à moi n'était plus entre le mensonge et le
mensonge mais entre un aveu ou l'abandon de la
nouvelle vie que la chance, comme le hasard,
m'avait permis de conquérir sur les hauteurs de
San Francisco. J'ai fermé les yeux et j'ai décidé de
parler.

— Monsieur Stadler, vous m'avez dit que je pouvais vous faire confiance. Est-ce qu'une seule phrase
suffira — dix mots ou un peu plus ?

— J'écoute, Maria.

J'avais compté les mots dans ma tête, tant de fois,
cette courte phrase que je n'avais jamais prononcée
à haute voix, jamais osé formuler devant quelque
force de justice ou de police.

— J'ai été molestée et violée par mon père adoptif.

J'ai ouvert les yeux. Edwin Stadler n'avait pas
cillé. Sur son masque souverain, j'ai cru voir passer
une onde de tristesse. Puis il m'a dit :

— Je vous demande pardon, Maria.

Nous sommes restés encore un moment face à face, en silence. Il a toussé, éclairci sa voix qui avait paru un peu voilée :

— Je comprends mieux pourquoi vous aimez regarder l'océan.

Dehors, les nuages de poudre de pollen jaune s'étaient dispersés, balayés par un vol d'albatros venus du sud et qui se dirigeaient sans doute vers Sausalito. Le soir allait tomber et la lumière au-dessus des arbres était chargée d'orange et de bleu, douce, annonciatrice d'une nuit de printemps, et je me demandais s'il fallait que je me lève, que je quitte le bureau de cet homme qui me regardait avec ce que je prenais pour un sentiment de moi inconnu : la tendresse. Il ne bougeait pas et je croyais lire, sur son visage, la confirmation qu'il avait de la misère des hommes et qui, un instant, avait entamé l'impavide résolution de son masque de privilégié.

— Ne partez pas, m'a-t-il dit, maintenant que vous m'avez dit cela, vous pouvez peut-être me raconter tout le reste.

5

C'était une grosse rondelle de peau nue, ronde comme une soucoupe, toute rose, comme la chair d'un porcinet. Comme du jambon. Une auréole. Un vide. C'était obscène. C'était visible, tellement visible !

Marcus Marcus ne voyait plus que cela : le large cercle de peau lisse, luisante, rosâtre, sans un poil, sans un cheveu, là, posé au milieu de son crâne, au centre de sa si belle chevelure, une aberration, une horreur : le début de la calvitie ! Un caillou, un galet, du linoléum, du saindoux, le rose de la marge du foie gras, le croupion d'un poulet pas encore cuit, un sorbet à la framboise, la marque fatidique, la calotte qui annonçait le plus grand malheur, le signe avant-coureur de l'ALOPÉCIE ! Ce qu'il avait redouté, ce qu'il surveillait minutieusement devant son miroir, sur le front, sur les tempes, sur les côtés, et dont il n'avait pu imaginer que cela surgirait ailleurs — pas devant, pas de face, mais non, sournoisement, là-haut, au sommet du crâne, au centre même de sa tête. Là où il ne regardait jamais. Il n'en revenait pas.

Pourquoi donc personne ne l'avait prévenu ? Comment son esthéticienne, son dermatologue, sa réparatrice, son masseur, son kiné, son acupunctrice, sa shampooineuse, son coiffeur — nom de Dieu, le coiffeur ! — ne lui avaient-ils pas dit :

— Vous savez, monsieur, il risque d'y avoir un problème, là-haut.

Comment sa maquilleuse, l'assistante de la maquilleuse, la stagiaire de l'assistante, la mère de la stagiaire qui était venue soutenir les débuts de sa jeune fille (« Qu'est-ce qu'elle fait là, cette mémé ? — C'est la maman de la stagiaire. — J'en ai rien à foutre, moi, la maman de la stagiaire, virez-la-moi de cette cabine, qu'est-ce que c'est que ce bordel tout d'un coup ? »), comment son photographe personnel, le chauffeur (oui, pourquoi pas le chauffeur), comment l'habilleuse, le chargé de production, le représentant de l'annonceur (car il avait obtenu un annonceur unique, dont les pubs n'interrompaient pas l'émission, mais ouvraient et fermaient le show — il avait gagné ce privilège, au sein d'une chaîne qui, grâce aux dérégulations les plus diverses, avait ouvert toutes les boîtes de Pandore de la publicité et avait le droit, à l'américaine, de diffuser un spot toutes les huit minutes, ce qui ruinait toute continuité dans un film, un débat ou un journal), comment toute cette humanité qui gravitait autour de lui ne l'avait pas gentiment, doucement, avec maintes précautions, alerté ? Comment l'adjointe à la production, les deux corbeaux qui lui servaient d'agents, Myron et Feldmann, comment son conseiller fiscal et juridique, comment tous ces voyous marioles n'avaient-ils pas pris l'initiative de le prévenir ?

— Vous savez, monsieur, il commence à y avoir un problème, là-haut.

Cela ne l'aurait pas irrité, pourtant, qu'on vienne le lui révéler, dans la cabine de maquillage ou même dans son propre bureau, avec, naturellement, beaucoup de componction. Qu'on le lui susurre, avec une infinie prudence, il n'en aurait en rien voulu au porteur du message, non, non, il lui aurait sans doute octroyé une prime. Au lieu de cela, il avait fallu qu'il découvre le désastre tout seul, par lui-même, alors qu'il repassait le DVD de son émission.

La plupart du temps, Marcus Marcus ne revenait pas sur ses émissions. Dans le silence intérieur de ses réflexions, dissimulé dans l'intimité de son dialogue avec lui-même, il considérait que ce qu'il faisait n'était que du sable et du vent.

Certes, il ne l'aurait jamais déclaré à qui que ce fût et il apportait, à l'élaboration et à la conduite de ses entretiens, à l'exploitation de ses diversifications et de la petite fortune qu'il avait amassée, à l'exercice de sa profession et au maintien de son statut d'icône télévisuelle, tout le sérieux, la discipline, la persévérance qui avaient fait de lui un des hommes les plus respectés ou haïs — c'était selon — de ses confrères et du grand public. Il faisait le métier, et il le faisait avec excellence. Mais, dans le secret de la contemplation de sa propre existence, dans le regard qu'il portait sur lui-même, Marcus Marcus n'était pas dupe. Que resterait-il des heures et des heures d'images accumulées, d'interpellations et d'affrontements, de révélations en direct? Avait-il seulement bâti un semblant de ce que l'on appelle une œuvre? Il n'était rien, rien qu'un nom, une voix. Un talent d'audace et d'insolence investigatrice — mais au fond du fond, quand il se comparait avec les savants, les artistes, les fabricants, les créateurs, les découvreurs, les décideurs, les bâtisseurs, les entrepreneurs ou les écrivains qu'il avait interrogés, Marcus Marcus estimait qu'il ne pesait pas lourd. Mais il ne l'aurait avoué à personne.

C'était un homme double. Toute son énergie et sa force avaient fait de lui un perfectionniste, un personnage fascinant qui au sein d'un univers — la télévision — de paranoïaques, égomaniaques, schizophrènes et hypocondriaques, bimboettes incultes et beaux gosses à gueule carrée et cervelle de moineau, dégageait une impression d'autorité et de responsabilité, mais il ne dévoilerait à personne l'autre face de son caractère, cette conviction qu'il brassait de l'air de façon superficielle et imparfaite, précaire. Insatisfaisante. Il aurait pu ou dû être quelqu'un d'autre. Aussi bien n'éprouvait-il aucun besoin de revoir, relire, revenir sur l'entretien choc qu'il venait de diffuser en direct. Il préférait avancer sans regarder en arrière, et préparer la prochaine rencontre, organiser le prochain coup et persuader sa prochaine victime de venir à l'abattoir des célébrités se faire couper la tête au cours de son émission. Il ne pensait qu'à l'avenir immédiat.

Faire. Bouger. S'activer. Faire s'activer les autres. Chasser l'angoisse.

Peut-être, cette dualité — ce mélange de domination avide d'un média, et cette secrète certitude de la vanité de son travail — constituait-elle, en réalité, la force et la différence de Marcus Marcus. Ce narcisse était aussi un relativiste. Ce fou d'influence, cet amoureux de lui-même était aussi un sceptique. Et si les gens ne parvenaient pas à déchiffrer la complexité de son masque — puisqu'il n'en exposait qu'une partie —, ils tombaient tout de même sous la puissance de son magnétisme — quelque chose de difficile à définir et qui, précisément, était dû à la part inconnue de sa personne. À l'âge de cinq ans, on offre une boussole au petit Einstein. Il est tellement excité qu'il en tremble et que son corps tout entier se refroidit d'un seul coup. Puis, il dit à ses parents ahuris : « Quelque chose de profondément caché doit se trouver derrière les choses cachées. » C'était le « profondément caché » de Marcus Marcus qui faisait son charme.

Et il le savait, il en usait. Mais puisque, malgré tout, il s'aimait, il avait, ce jour-là, par intuition ou instinct, ou simple désir de se juger dans l'exercice de son talent, décidé de repasser le DVD de sa plus récente prestation. Tout s'était déroulé de façon normale, relativement valorisante, agréable même, quand, au bout de vingt-cinq minutes (la première moitié du show) il avait été surpris par ce plan vu de haut, un plan effectué sans doute avec une Louma : la table d'entretien, les deux protagonistes en surplomb. Ils aiment bien ça, les gens, quand, sans les avertir, on leur montre un instant de vie comme ils ne pourront jamais le voir, puisque personne ne regarde véritablement les gens de façon surplombante. Ça donne un sens, une perspective, une autre sensation de la vie, car dans le réel, le quotidien, le point de vue de la Louma n'existe pas, en tout cas rarement. Ils ne vivent pas en plongée, les gens. Ils n'ont pas une caméra dans la tête, ils évoluent au ras du sol, au ras de l'existence. Alors, si on les divertit en se baladant dans les airs, et en leur montrant des êtres humains du point de vue d'un oiseau, ils sont ravis et surtout, ça retient leur A-TT-EN-TION. Ça vous prémunit du zapping. Ça entretient la concentration puisque, les gens, désormais, ne sont plus attentifs très longtemps à quelque image que ce soit. C'est donc un truc de réalisateur, et, normalement, ça n'aurait pas dû troubler Marcus Marcus. Pourtant, un détail retint son attention :

— Mais c'est quoi, ça, nom de Dieu ?

Il avait appuyé sur la touche de l'arrêt sur image — petit recul de quelques secondes — puis *replay* et retour et arrêt : là, au beau milieu de l'écran, il y avait ce plan vu de haut, vu au-dessus de sa tête ainsi que de celle de son invité, et il avait contemplé, horrifié, l'énorme rondelle rosâtre et indécente qui faisait tache au centre de son crâne. L'obscénité. Sa calvitie naissante, déjà très avancée. Un curé ! Un vieillard ! Et il avait pensé qu'on ne voyait plus que cela. Ça crevait l'écran ! Et ç'avait duré une bonne dizaine de secondes ! C'est long, un plan de dix secondes ! Et en plus, cet imbécile de réalisateur avait recommencé ! Deux fois, il l'avait faite, sa contre-plongée ! Deux fois ! Il devait être amoureux de son plan, ce crétin, il devait croire qu'il était un immense metteur en scène et pas un « réal » — il se prenait pour qui, pour l'enfant naturel de Spielberg et de Paul Thomas Anderson, le nouveau petit génie de Hollywood ? Il voulait se la jouer Orson Welles, l'imbécile ?

C'est alors que Marcus Marcus poussa sa formidable colère. Les couloirs retentirent de ses jurons triviaux, un peu trop répétitifs, pas très inventifs à vrai dire — hurler vingt fois de suite « putain de putain » n'est pas faire preuve d'une très grande imagination — mais drôlement intrigants. « Pourquoi il crie comme ça, qu'est-ce qu'on lui a fait ? » Après quoi, revenu à une manière de calme, il avait demandé à David qu'il convoque le « réal » afin d'avoir un tête-à-tête entre hommes, sans témoin. L'ennui, c'est que le « réal » était une femme.

Nous ne comprenons jamais la puérilité de nos actions, à l'instant où nous en sommes les acteurs. S'il fallait, en permanence, comme ces cabinets chargés d'évaluer les performances des cadres, voire des ministres, mesurer le dérisoire de nos comportements, nous ne ferions rien. Nous ne pouvons apprécier notre faiblesse qu'après avoir joué la pièce. Mais cela ne nous détruit pas. Si le ridicule tuait, les rues de Paris seraient vides, et les couloirs et studios de télévision ne seraient que steppes désertiques abandonnées aux nettoyeurs de moquette et aux machines à lustrer dont les moteurs tournent silencieusement aux petites heures de la nuit, quand les clowns, les géomètres et les saltimbanques sont partis dormir et que les grands immeubles vides appartiennent aux Sri Lankais, aux Philippins, aux Maliennes vêtues de tabliers olivâtres, les mains gantées de plastique rose.

Ainsi, de Marcus Marcus, qui s'est enfermé dans la salle de bains privée attenante à son bureau. Il s'est armé d'un petit miroir portatif qu'il dresse au-dessus de sa tête, légèrement penché, afin que ce que reflète le miroir puisse être renvoyé dans la grande glace au-dessus du lavabo. Il s'est age-nouillé sur un tabouret, face au lavabo, pour être à la hauteur de ce renvoi d'image. Il a incliné la tête, cherchant à ce que son miroir portatif capte entiè-rement l'endroit maudit de son crâne et qu'il par-vienne ainsi, en levant les yeux, à contempler dans la grande glace, l'étendue de la catastrophe. C'est une position risible, mais Marcus Marcus n'en a aucune conscience. Tout ce qui lui importe, c'est de mieux examiner la béance, l'horreur, la peau nue au milieu de ses cheveux. Il a concentré toute son attention vers le vide au sommet du crâne, et c'est à peine s'il entend des coups répétés à la porte de son bureau qu'il a verrouillée. Toc — toc-toc. Toc — toc — toc. Toc-toc-toc. Trois ou quatre fois.

— Qu'est-ce que c'est, finit-il par crier à travers la porte des toilettes.

Une voix assourdie traverse les cloisons.

— C'est David, monsieur.

Miroir à la main, à genoux sur le tabouret, Marcus Marcus crie :

— Qu'est-ce que vous me voulez?

La voix répond:

— Vous aviez demandé à me voir d'urgence, monsieur.

Il pense: «Ah oui, David, il vient me parler du réal.» Soudain, il glisse du tabouret et trébuche vers le sol. Dans la chute, le petit miroir se brise. Afin de se remettre debout, il appuie la main sur le carreau du cabinet de toilette, la paume rencontre un éclat de verre, le sang jaillit, il vocifère. Aucune douleur, mais la conscience qu'il pourrait être entraîné dans un processus de dégradation, le fameux diable dans le fameux détail. Marcus Marcus cherche à retrouver son calme: «Ça va, se dit-il, c'est rien, tout ça. Ça va.»

Il ouvre la porte des toilettes, ayant auparavant saisi plusieurs mouchoirs Kleenex pour panser la blessure. Il se dirige vers la porte d'entrée du bureau, mais une goutte de sang tombe sur la moquette claire. Marcus Marcus s'agenouille afin d'éponger le tissu: c'est un maniaque. Il déteste les taches, le désordre, la trace du dentifrice au coin de la lèvre d'un accessoiriste, l'épluchure d'une mandarine dans la corbeille du pool des documentaristes. Posément, systématiquement, avec la partie inférieure de son front, entre les sourcils, à l'arête du nez, barrée d'une ride verticale, et avec la régularité d'un pic-vert s'attaquant à l'écorce d'un hêtre, il tamponne la moquette. Il est tellement absorbé par ce qu'il fait qu'il n'entend plus les appels de David. On dirait qu'il a mis toutes ses facultés au service de ce seul objectif: effacer la petite puce rouge qui a souillé l'immaculé revêtement — cette onéreuse et exclusive moquette en soie, couleur gris poudré, posée par les soins personnels de Kia Azaglhaoui, la nouvelle coqueluche du design à Paris, New York, Abu Dhabi et Milan. «Vous voulez me dire que Kia est venu lui-même pour surveiller la pose? — Oui, oui, pour Marcus Marcus, le petit génie avait tenu à se déplacer lui-même. Vous imaginez l'événement!»

Sait-il seulement que ça n'est pas pour sauver cette surface que Marcus Marcus s'acharne ainsi, mais qu'il s'agit d'un geste inconscient qui traduit son obsession d'éradiquer une autre tache, cet autre et plus grave dysfonctionnement: l'indécente calotte nue de son crâne?

Entre-temps, David s'est affolé, puisque, mobilisé par son travail, Marcus Marcus n'a pas songé à déverrouiller la porte d'entrée du bureau. Une courte brise de panique souffle alors sur le petit monde de ses serviteurs zélés. David:

— Ouvrez-moi, monsieur!

Au secrétariat, on a entendu les cris de David, et aussitôt, on alerte la sécurité. Dans le couloir, une étrange rumeur vient vite prendre naissance:

— Il s'est enfermé dans son bureau. Il n'ouvre à personne. Il se passe quelque chose de bizarre.

Et la rumeur gagnera d'autant plus en volume quand, ayant fait sauter la serrure par l'agent de sécurité, David et quelques témoins (l'agent, une secrétaire, ainsi qu'un collaborateur curieux qui passait par là) auront aperçu, par l'entrebâillement de la porte des toilettes, du sang, du verre brisé, et cette main recouverte d'un Kleenex et cet homme à genoux sur la moquette — tous ces éléments grossis et réinventés, amplifiés, détournés et amalgamés, prendront bientôt la forme d'une seule et folle affirmation : Marcus Marcus a voulu se suicider.

— Bon, David, tout ça n'est pas très important. Oublions cet incident sans intérêt. Et merci de votre aide. Mais je croyais que vous deviez m'amener Jean-Ba, le réal. J'ai deux mots à lui dire.

— Monsieur, ça n'est pas Jean-Ba qui était aux manettes ce soir-là.

— Bien sûr que si, David, puisque je l'ai vu en répétition, que je l'ai eu ensuite dans l'oreillette, c'est lui qui m'a donné le top, comme il aime le faire et comme je lui ai permis de le faire — avant que j'ôte l'oreillette, puisque je déteste cet accessoire, vous le savez bien.

— Je sais, monsieur. Il vous avait donné le top, oui, mais ce n'est pas lui qui a continué de réaliser le direct en régie.

— Comment ça ? Expliquez-moi.

— C'est un peu embarrassant, monsieur, voilà, il a fallu le remplacer au bout d'une dizaine de minutes.

— Pourquoi ? Et pourquoi je ne l'ai pas su ? Mais vous me racontez des craques, mon petit vieux, puisque Jean-Ba est descendu me voir en plateau, à la fin de l'émission !

David :

— C'est-à-dire que, voilà, pendant les trois quarts de l'émission, il s'est absenté. Et puis, en effet, il est revenu, mais pratiquement pour lancer le générique final.

— Non mais, attendez, ċ est une farce, ou quoi ? C'est du Feydeau, votre truc. Il est parti, il est revenu. Mais c'est « Les portes claquent », votre truc. Qu'est-ce que c'est que ce binz ?

— On pouvait difficilement vous informer, vous dire quoi que ce soit, ce soir-là, monsieur. Rappelez-vous. Vous finissiez votre direct avec le Premier ministre. Ç'a été très chaud, vous le savez bien, très chaud entre vous deux. Et d'ailleurs, quelles retombées médiatiques ! Vous avez vu les chiffres d'audience. Vous avez battu tous vos records.

Assis dans un fauteuil Ruhlmann du coin salon de son vaste bureau, Marcus Marcus dévisage David avec bienveillance. Il apprécie le jeune homme. Par courts instants, il jette un regard à la paume de sa main largement bandée et il lui arrive aussi de lorgner vers le point suspect de la moquette que, diligentés par les secrétaires, deux spécialistes ont réussi à nettoyer. Il n'empêche, Marcus Marcus croit encore y deviner une infime empreinte de sang. Il croit la voir. Elle n'est pas là, l'empreinte, car tout a été effacé — « Nickel chrome, monsieur, ni vu ni connu » —, mais si Marcus Marcus croit encore voir la tache, c'est qu'il lui confère une portée symbolique — le signe d'un étrange dérèglement. Il se tourne vers David.

— Arrêtez de noyer le poisson. Dites-moi ce qui s'est passé. Qu'est-ce qu'il y a donc d'aussi « embarrassant » ?

David Cahnac est un garçon affable. Il a des manières. Parfois, David s'interroge sur sa présence dans le monde de la télévision et sur son rôle à l'intérieur du Système Marcus Marcus. Conseiller ? Directeur de cabinet ? Homme à tout faire ? Chargé de mission ? On n'a jamais bien précisé sa position, mais il est devenu indispensable. Il a fait de bonnes études qui auraient pu le conduire vers la banque, la haute finance, voire la haute administration. Mais une rencontre, un tournant brutal dans sa vie privée, et la personnalité de Marcus Marcus lui ont fait choisir un autre chemin. Le grand homme cherchait quelqu'un sachant lire, ayant un sens de la synthèse, pouvant rédiger et compter, possédant une bonne culture générale, et pourvu d'une amabilité, d'une diplomatie qui feraient contraste avec la trivialité et la brutalité ambiantes. Il a suffi d'une entrevue, les deux hommes se sont plu, David s'est pris au jeu, Marcus Marcus lui a fait confiance. Il apprécie surtout chez David qu'il soit « bien élevé ». Sa politesse l'enchante. Et il prend une sorte de plaisir à scruter la gêne qui semble s'être emparée du jeune homme. S'il n'y avait ce nez cassé au milieu du visage, David aurait l'air d'un premier de classe, le très bon élève.

— À vrai dire, voilà, monsieur, c'est très embarrassant. Mais au bout de dix minutes de direct, Jean-Ba a été saisi, disons, d'un besoin urgent. Pressant. Irrépressible. Foudroyant.

Un rire intérieur commence à naître dans la région du plexus solaire de Marcus Marcus. David cherche ses mots. Il en rougirait presque.

— Continuez, David, n'ayez pas peur d'être vulgaire, pour une fois.

— C'est-à-dire que — c'est très embarrassant, franchement, monsieur — comment vous dire, Jean-Ba n'a pas pu se retenir. Ça s'est passé sur place, sur le fauteuil même de la régie. Une gastro-entérite violentissime, monsieur, vraiment violente. Et à vrai dire, si vous le permettez, très nauséabonde.

Le rire de Marcus Marcus éclate alors, retentissant. Il imagine la scène que le malheureux David sera, il le sait bien, incapable de lui décrire dans sa complète crudité. Jean-Baptiste Barbarelli, retour d'un week-end au Rajasthan où il avait assisté au mariage du neveu de son épouse — Jean-Ba, le roi de la console et des manettes, le magicien de l'image en direct, le pro le plus flegmatique de toute sa génération, incapable de retenir le fulgurant tourment de ses fonctions intestinales et faisant sur lui en pleine émission ! Les techniciens pétrifiés, certains hilares, d'autres vite suffoqués par l'odeur pestilentielle qui envahit la régie. Jean-Ba paralysé et en même temps forcé de s'extraire de son siège, le pantalon maculé, dégoulinant, avançant à petits pas comme pour tenter d'endiguer le flot presque continu de sa souillure, marmonnant quelques mots d'excuses, humilié, gagnant le couloir en direction des toilettes. On ne le reverra pas avant trois quarts d'heure.

Mais l'émission doit continuer : on est en direct. Par chance, celle qui se tenait aux côtés de Jean-Ba prend tout de suite les commandes. Il s'agit d'une réalisatrice nommée Hélène Margolis. Elle a déjà dirigé de nombreux shows et c'est pour mieux assimiler la science, et profiter de l'expérience de Jean-Ba que, ce soir-là, elle s'était assise auprès de lui, pour jouer un peu à l'assistante — puisque le maître le lui avait suggéré en riant. Elle essaie de surmonter son dégoût, car l'odeur a envahi tout l'espace. Un stagiaire efficace s'est rué vers un placard d'où il a extrait une serpillière et un seau. Tandis qu'il s'affaire à quatre pattes pour purifier le sol, aidé par quelques petites mains qui viennent d'actionner une bombe parfumée, Hélène Margolis — que tout le monde appelle Margo — a pris entièrement possession du lieu et de l'équipe, les plans à distribuer. Sa rigueur et son sang-froid sauvent la soirée. Jean-Ba peut revenir quelques minutes avant la fin, il peut déclarer de sa voix basse et autoritaire :

— Mieux vaut en rire, les enfants. Et oublier. Je compte bien sur vous tous. Pas un mot à personne ! Et merci à vous tous et à toi, bien sûr, Margo. C'est comme s'il ne s'était rien passé.

Margo va discrètement quitter la régie. Jean-Ba reprend les commandes pour le générique final et descend féliciter Marcus Marcus en plateau.

Son fou rire apaisé, Marcus Marcus se fait songeur. Il promène ses yeux sur la moquette.

— Décidément, murmure-t-il, nous ne cessons pas de frôler la loi de l'entropie.

— Pourquoi dites-vous cela, monsieur ?

— Enfin voyons, David, vous êtes trop fin pour ne pas comprendre ce que je veux dire. Regardez ce qui s'est passé depuis quarante-huit heures. Regardez-moi : tout à l'heure dans ma salle de bains, puis Jean-Ba en régie, l'autre soir. L'entropie, jeune homme. L'ENTROPIE. Dégradation croissante d'un système, un état de désordre évoluant vers un désordre accru. Tout système avec le temps et en s'accélérant évolue vers son plus haut niveau de désordre. Tout va vers le désordre ! ENTROPIE !

Il se dresse, il répète le mot à plusieurs reprises au grand étonnement de David. Puis il se rassied. David :

— Certes, monsieur, mais tous les désordres ont été freinés à chaque fois. On les a résorbés. Ça n'est pas de l'entropie à proprement parler, monsieur.

— Je suis désolé, David, mais si, David, si ! Il faudra que je réfléchisse à ce que tout cela signifie. Et pourquoi l'entropie menace mon système de façon aussi répétitive. C'est un signal d'alarme. Mais de quelle source peut-il provenir ?

Un temps. David n'a pas de réponse à offrir. Marcus Marcus reprend :

— Et puis, tout ça ne me dit pas pourquoi Margo — c'est bien ainsi que vous l'identifiez — s'est crue obligée de faire des acrobaties avec sa Louma. Pour se la jouer Francis Ford Coppola.

Il s'interrompt. David :

— À quoi faites-vous allusion, monsieur ?

— À rien, à rien, David. Ça ne vous regarde pas. Ne me dites pas que vous l'avez convoquée, la réal ?

— Eh bien si, oui, bien sûr, monsieur. Elle est dans l'antichambre. Vous me l'aviez demandé. Donc, voilà.

Marcus Marcus a l'air troublé et irrité. Une femme, une inconnue, il n'aime pas cela.

— Non, David, c'est Jean-Ba que je voulais voir. Je ne voulais pas voir cette femme.

Il congédie David d'un signe de main brutal après lui avoir dit sèchement :

— Faites-la attendre un moment, voulez-vous ?

Ainsi, s'il avait voulu effacer la rage qui l'avait saisi lorsqu'il avait découvert le plan fatal — sa calvitie vue de haut — et passer sa colère sur l'auteur de cette image, Marcus Marcus ne pouvait plus avoir affaire à Jean-Ba — qu'il connaissait bien. Avec Jean-Ba, il savait quel langage utiliser et il avait anticipé la façon dont il aurait fusillé le « réal » : « Depuis quand tu te permets de faire des plans artistiques ? Qui est-ce qui te l'a demandé ?

Pour qui tu t'es pris ? Tu te crois au cinéma ? Tu as oublié la Charte ? »

Mais il va rencontrer une femme, dont il ne sait rien. On ne lui a préparé aucune fiche, aucune de ces courtes cartes en velin 10,5 sur 15,5 que David ou un autre de ses nombreux assistants remplissent avec des éléments d'informations nécessaires, afin que Marcus Marcus ne soit jamais pris au dépourvu, afin qu'il domine chaque entretien ou réunion, afin qu'il demeure en « contrôle ». Lorsqu'il débat avec Liv Nielsen, la Présidente de la chaîne, il ne ressent aucune difficulté, aucune réticence, parce qu'il a reconnu en Liv un animal de sa trempe : désincarné, compétitif, entièrement axé vers la quête de reconnaissance et l'exercice absolu du pouvoir. Un animal asexué. Métallique. Toutes les autres femmes qui gravitent à l'intérieur du Système Marcus exercent des fonctions subalternes. Il adopte à leur égard une attitude de fausse bonhomie, sourire superficiel et courtoisie sans faille — mais il les regarde sans les voir, les écoute sans les entendre. Au fond, il n'est à l'aise que dans la compagnie des hommes. Avec ses hommes clés, il opère facilement. Il peut être cassant ou enjôleur, cordial ou arbitraire, généreux ou injuste, peu importe, il se sent bien et sait les diriger, les manipuler, les stimuler et les soumettre. Tandis qu'à partir d'un certain niveau de compétences, a fortiori d'intelligence, les femmes le désarçonnent. Sa psychologie des femmes est pauvre, presque craintive. Il n'est pas en « contrôle ».

Margo était une brune aux yeux clairs, dont les proportions harmonieuses faisaient oublier sa taille minuscule. Elle était vêtue d'une veste noire, jupe noire, chemisier bleu, escarpins noirs à talons fins et hauts, et elle semblait avoir une disposition particulière pour le sourire, rapide et fréquent mouvement d'ouverture des lèvres qui révélait des dents perlées blanches, des incisives brillantes, mordantes, et qui donnait la sensation qu'elle était certaine de son charme et de ses qualités professionnelles. Marcus Marcus avait perdu toute velléité de conflit à la minute où la réalisatrice, ayant installé son petit corps sur l'un des Ruhlmann, croisé ses courtes mais jolies jambes, avait décoché cet imparable sourire.

— Vous avez souhaité me rencontrer, avait-elle dit.

Marcus Marcus s'était fait aimable, débonnaire. Il sentait d'instinct qu'il fallait aller au plus poli, au plus rond.

— Oui, je voulais vous féliciter pour votre réalisation, l'autre soir. On m'a mis au courant. Pathétique, cette anecdote, drôle, mais vous alors, formidable ! Car vous avez fait ça comme si c'était signé Jean-Baptiste Barbarelli. C'était du Jean-Ba pur sucre.

Hélène Margolis fronça les sourcils. Sa voix était un peu haute, avec un léger accent parisien, la trace d'une musique qui est en train de disparaître, celle de l'air de la rue parisienne, quelque chose de faubourien mais sans vulgarité, des sonorités à la Gabin.

— Je vous demande pardon ? demanda-t-elle.

— J'ai dit quelque chose de désagréable ?

D'ores et déjà, il savait qu'il ne comprenait rien à la personne qui se trouvait en face de lui.

Margo secoua la tête.

— Pas du tout, pas du tout. Mais je pense que je vous ai bien entendu puisque vous m'avez dit : « C'était signé Barbarelli. » Je vous demande pardon, monsieur, mais c'était signé de moi, cette émission. C'était pas du « Jean-Ba », c'était du Hélène Margolis.

Elle avait dit cela avec fermeté, orgueil, sûreté de soi. Ce faisant, en quelques phrases seulement, elle avait contraint Marcus à adopter une position défensive.

— Oui, bien sûr, dit-il, ça n'est pas ce que j'ai voulu dire.

Elle eut un rire bref, à l'intérieur de son sourire, un rire de gorge.

— Oui, sauf que vous l'avez dit.

Il s'interrogea. Combien de temps devrait-il subir cette impertinence ? Et que voulait cette femme ? Elle souriait, semblant avancer à petits pas comptés vers autre chose, qu'il n'attendait pas et qui lui déplaisait.

— Écoutez, dit-il, bon, ça va. J'ai voulu vous féliciter, c'est tout, et c'est vous qui m'agressez.

— Moi ? Je vous agresse ?

Elle avait dressé le buste, les dents rayonnaient. Les mots « peste » et « garce » surgissaient dans l'esprit de Marcus et il s'en voulut d'avoir utilisé un verbe aussi fort. Elle avait saisi le verbe « agresser » au vol, comme si chaque mot que pouvait prononcer l'homme lui permettait de mieux le contester, le déséquilibrer, amoindrir son statut. Marcus voyait bien cela, mais il n'avait pas la maîtrise de la joute verbale. C'était elle qui menait la danse et il le sentait, et cela ajoutait à son embarras.

— Si vous croyez que je vous agresse, monsieur, c'est parce que, effectivement, vous avez voulu me diminuer.

— Quoi?

— Oui, me diminuer. Vous diminuez mon identité et la réduisez en voulant la comparer à celle d'un homme. C'est cela, n'est-ce pas? Vous allez protester et me dire pas du tout! Mais enfin, c'est bien cela. C'est d'ailleurs toujours comme ça. Les hommes insultent d'abord et puis après ils s'excusent: ce n'est pas ce qu'ils avaient voulu dire. Sauf que, il y a le vouloir, et il y a le dire.

Elle croisa et décroisa ses jambes, avec la souplesse d'un escrimeur s'exerçant avant d'effectuer un premier assaut. Marcus Marcus ouvrit ses deux bras, qu'il leva au-dessus de lui à la façon d'un arbitre:

— Arrêtons, voulez-vous. On repart de zéro, OK? On va repartir de scratch. On va faire la paix.

— Pourquoi faire la paix? Nous ne sommes pas en guerre, que je sache.

— En effet, vous avez raison.

— J'ai voulu rectifier, c'est tout. Il faut savoir qui on est, c'est tout. La guerre, c'est bien plus grave que cela.

Elle jubilait. Il voulut reprendre la main.

— Mais dites-moi, vous souriez toujours comme ça quand vous balancez vos vacheries?

— J'ai dit une vacherie? Ça veut dire quoi, ce mot? Vous avez quelque chose à reprocher à mon sourire? Il vous dérange?

Marcus Marcus décida de sourire à son tour, penchant la tête, puis la relevant. Il scruta Margo.

Elle avait pris un air angélique. Le sourire n'était pas forcé, mais sa permanence sur le visage dérangeait. Elle avait prononcé sa dernière question avec une extrême douceur. Aussi Marcus choisit-il le même registre. «De la douceur, pensa-t-il, de la bonne langue de bois, et qu'on en finisse avec cette conversation inutile, cette parodie, cette insupportable connasse.»

— Madame Margolis — ou puis-je vous appeler Margo?

— Appelez-moi comme vous voulez.

— Bon, Margo, où en sommes-nous?

— Nulle part. Vous avez souhaité me rencontrer. C'est sans doute que vous aviez quelque chose d'important à me dire. Votre temps est tellement précieux que vous n'allez pas le gâcher dans une simple démarche de courtoisie.

Il s'esclaffa.

— Mais vous êtes impossible! Vous êtes comme ça avec tout le monde?

— Écoutez, non, pas réellement. Je ne suis pas comme ça avec tout le monde.

— Bon, on peut pas gagner avec vous, c'est ça?

— Qui vous parle de gagner? Nous ne sommes pas dans une bataille.

Il s'admirait en silence. «Comment vais-je parvenir, comment parviens-tu à rester calme, à ne pas envoyer valser cette perruche, cette péronnelle, cette fausse amazone des studios. Personne ne te parle comme ça. Et tu gardes ton calme? Tu es admirable, mon vieux, admirable.»

— Aucune bataille, Margo. J'étais simplement curieux de vous connaître, tout simplement.

— Eh bien, voilà, c'est fait. Nous nous connaissons un peu mieux maintenant.

Elle se leva et lui aussi, mais pour signifier d'un geste apaisant, les deux mains à plat dans l'air, qu'il lui suggérait de se raviser.

— Je vous en prie, Margo, je vous en prie, asseyez-vous un instant à nouveau. On est partis du mauvais pied tous les deux. Vous ne m'avez pas compris, peut-être, mais je ne vous comprends pas non plus.

Elle accepta. Il s'était aperçu, au cours de ce bref mouvement, qu'elle était réellement très petite. Sans les talons de ses escarpins, elle aurait eu la taille d'un enfant. À peine assise, cependant, l'enfant avait repris cette même expression, ce sourire dont il voyait mieux maintenant la limite et l'artifice. Il décida qu'il avait suffisamment bridé sa propre patience. Comme souvent, lorsqu'il se trouvait seul en présence d'une femme, il avait eu la sensation de perdre pied, de ne plus savoir utiliser cette autorité et ce pouvoir de persuasion qui subjuguait habituellement son monde — mais voilà que la redécouverte de la petitesse de son adversaire — car c'était bien ainsi qu'il fallait qu'il la considère, c'était une adversaire ! — lui faisait retrouver sa vraie nature, sa duplicité, ce talent qui lui avait permis d'annihiler peu à peu toute compétition au cours de sa carrière.

— Bon. Dites-moi tout sur vous, Margo, je veux mieux vous connaître. Vous êtes mariée, vous avez des enfants ?

Elle eut un rire étonné.

— Qu'est-ce que ça peut vous faire, monsieur ?

Il décida de ne pas répondre. Elle enchaîna.

— Non, pas d'enfants, mais si vous voulez tout savoir, je suis pacsée et de façon épanouie, épanouissante, plutôt — avec une femme qui, d'ailleurs, me ressemble beaucoup. Les gens croient parfois, en nous voyant, que nous sommes des sœurs. Ça vous choque, ce que je vous dis ?

Le sourire n'était plus artificiel. Il trouva qu'elle avait l'air sincère et qu'une sorte de satisfaction, de plénitude, avait envahi son visage à l'instant même où elle exposait sa vie de couple, et il en ressentit comme une violente amertume. Il se mit à la haïr.

— Non, non, rien ne me choque.

— Qu'est-ce que vous voulez savoir d'autre ?

Soudain, et enfin, il explosa.

— Rien, rien du tout. « Épanouissante », dites-vous ? Au point de vous prendre pour Orson Welles ?

— Pardon ?

— Mais oui, madame Margolis, madame Hélène Margolis-Orson-Welles-Coppola-Spielberg-Scorsese ! Avec votre plan à la con à la Louma ! Votre point de vue de Sirius ! Margo qui se croit libre de tourner n'importe comment, de contrevenir à la Charte !

Elle rit, face à la colère du grand homme.

— La Charte ? Quelle « Charte » ?

— Sortez d'ici, connasse prétentieuse, je ne veux plus vous voir, taillez-vous, giclez, vous ne réaliserez jamais une émission pour moi, vous entendez, plus jamais ! Et d'ailleurs, vous ne ferez plus rien dans cette chaîne !

Elle continua de rire, puis elle cessa. Sa voix se durcit enfin et elle tendit le doigt. Il s'aperçut qu'elle avait les ongles peints en rouge, un rouge quasi noirâtre. Il regardait ce doigt pointé vers lui comme le bout d'une dague. Elle articula très lentement :

— Attention au harcèlement moral, monsieur Marcus, attention ! Vous avez intérêt à réfréner une telle poussée de misogynie. Aux États-Unis, après ce que vous venez de me dire, je pourrais vous faire un procès pour cinquante millions de dollars, et je le gagnerais. Et ne proférez plus aucune menace à mon égard, aucune. Sinon, je vous envoie mes avocats, les syndicats, la presse, la Présidente.

Il s'immobilisa.

— La Présidente ? Liv Nielsen ? Vous plaisantez ?

— Oh non, je ne plaisante pas du tout. Liv comprendra très bien, croyez-moi.

Ils étaient debout, maintenant, face à face. Malgré les talons hauts, il pouvait toiser Margo de quelques centimètres, mais elle ne manifestait aucune crainte. Elle conservait ce sourire désarmant qui l'avait accompagnée pendant toute leur joute. Il sentit et comprit la menace à peine voilée dans cette dernière réplique. Elle avait dit « Liv », comme s'il existait un lien intime entre les deux femmes. Alors il lâcha prise, sa colère disparut, il baissa la voix. Elle le regardait de ses yeux clairs et vindicatifs, traversés par des stries, des paillettes, des éclats de lumière.

— Bon, restons-en là, dit-il.

— Non, ça ne me suffit pas, dit-elle. Nous sommes très loin du compte.

Il lui en fallait plus, elle n'était pas rassasiée, elle le tenait au bout de sa laisse, il le savait et il avait compris qu'il fallait plier l'échine.

— Acceptez mes excuses, dit-il. Je me suis laissé emporter. Le stress, sans doute. Je suis désolé. Je vous demande pardon.

Et comme il voyait qu'elle ne semblait pas encore satisfaite, il répéta :

— Je vous prie d'accepter mes excuses. Faites-moi la faveur de croire que je n'ai prononcé aucun des mots que vous avez entendus. Je vous demande humblement pardon, Margo. Humblement.

Elle eut un court soupir. Son visage exprima le béat contentement d'un bébé enfin calmé, ayant absorbé l'ultime portion de bouillie servie au bout d'une cuillère. Alors, elle lui prit la main, ce qui le décontenança.

— Voilà, dit-elle, c'est bien. C'est très bien.

Elle parlait comme une mère, une institutrice, une aide-soignante. Elle répétait, en tapotant le dos de la main de Marcus du bout de ses doigts :

— C'est bien, c'est très bien. Tout va bien aller.

Il gardait le silence. Elle eut un geste encore plus surprenant. Elle se rapprocha de lui et l'embrassa gentiment sur une joue, puis l'autre. Elle recula, fit demi-tour, lui tourna le dos, puis elle pivota et lui dit en guise d'au revoir :

— Très instructif, tout cela, non ?

Il ne put s'empêcher, dans le confus magma de ressentiment et d'échec qui commençait à fermenter en lui, d'éprouver une certaine admiration pour la minuscule Margo. Il en aurait presque oublié le morceau de jambon rose au sommet de son crâne.

Une sorte de paralysie s'était emparée de ses impulsions. Qu'étaient devenus sa pugnacité, son culot, sa renversante arrogance, sa certitude ?

Il aurait peut-être fallu la rattraper dans le couloir, afin de lui demander ce qui l'avait motivée pour qu'elle le roule ainsi et autant dans le goudron et le couvre ensuite de plumes. Quel besoin de vengeance l'avait fait agir? Avait-elle voulu lui faire payer il ne savait quelle humiliation qu'il aurait pu faire subir à une autre femme, dans un passé récent ou très éloigné?

Ou bien avait-elle attaqué gratuitement, par simple plaisir de « se payer » le grand Marcus — celui qui, en direct à l'écran, pouvait au moyen de son questionnement réduire en poussière n'importe quelle célébrité? Ayant à peine quitté le cinquième étage, se vanterait-elle auprès des autres d'avoir remporté ce duel sans témoin? Se répandrait-elle dans toute la ville — ou plutôt dans tout le village — en racontant par le moindre détail la démystification instantanée du grand homme? Marcus Marcus préféra pencher pour une autre hypothèse: Hélène Margolis ne vengeait rien ni personne. Elle était comme ça, voilà tout. C'était sa nature. Elle avait démontré la substance même de son être. Alors, il eut une nouvelle réflexion sur lui-même.

Marcus pensait: « Pourquoi me suis-je laissé ainsi piétiner? Si j'ai provoqué une telle aversion chez cette inconnue, est-ce que c'est parce qu'elle a vu ma vérité? Pourquoi je n'aime personne et pourquoi personne ne m'aime. Pourquoi je ne puis avoir accès aux rives de la tendresse, de la douceur, de l'abandon de mes préjugés et de mes impuissances. Pourquoi je suis incapable de faire l'amour à une femme, et pas plus à un homme. Qu'est-ce qui m'a fait aussi froid? Aussi indifférent à toute forme de partage de mon intimité? Qu'est-ce qui bloque et interdit toute envie d'une ou d'un autre, toute chaleur, tout désir, tout orgasme? Pourquoi suis-je si habile, souple, psychologue et déchiffreur des consciences et des personnes lorsque je me présente à l'écran, sous l'œil des caméras, dans l'extraordinaire euphorie du direct, du danger, de l'événement — et pourquoi deviens-je aussi vulnérable au cours d'un incident mineur de la vie réelle? Pourquoi ne suis-je pas un homme comme les autres?

« Va plus loin, se disait-il. Demande-toi si la réponse se trouve dans l'absence de ta mère, morte trop tôt, ou dans la stupidité de ton père, qui t'a toujours servi de contre-exemple, demande-toi si tout cela n'a pas démarré très tôt, dès l'enfance, à Montarrabie, dans le petit bourg perdu de Haute-Provence où tu rêvais de devenir pâtissier? Va plus loin, va parler à quelqu'un, va te livrer et te dénuder, qu'attends-tu pour déceler de quoi tu es malade? » Il eut un rire. « Moi, un homme comme les autres? Mais ne te plains pas : tu n'as jamais voulu être comme les autres. Remets-toi. Tu ne vas pas te faire aider, assister ou conseiller. Tu as toujours tout fait tout seul. Tu ne t'appelles pas Marcus Marcus par hasard. Tu as inventé ce nom, comme tu t'es réinventé, toi, Marcel Martial, fils unique d'employés sans le sou, venu de nulle part, autodidacte acharné, grimpant les marches du Ziggourat audiovisuel afin d'atteindre le sommet, le sanctuaire du haut duquel on observe les astres. Et devenir un astre toi-même ! Un astre, ça n'a pas d'états d'âme. Ça n'a pas, non plus, de chair. »

Cependant, comme le soir tombait, la tentation de la morosité, de la tristesse, de ce vague à la vie qui hante certains êtres, cette crainte immémoriale due au passage du jour à la nuit, montèrent en lui à mesure que la lumière s'affaissait au-delà des grandes vitres du grand bureau. Alors, les souvenirs surgissaient. Il revoyait les morsures de la jeunesse, la première et dernière fois qu'il avait essayé de faire l'amour, rien n'avait marché, la fille avait ri, il en était resté recroquevillé, blessé, il avait fermé la porte de son corps. Il s'était réfugié dans un état permanent d'inappétence sentimentale et sexuelle.

Il revoyait les années d'apprentissage en pâtisserie, le départ pour un poste plus important auprès d'un grand chef, un trois étoiles, dans la vallée du Rhône. Il revoyait ce mentor aux mains agiles, à la barbe rousse, au ventre protubérant qui lui avait appris les plus subtiles façons de cuisiner et de choisir les produits du marché. Il revoyait sa propre mère, toute ronde et fière, dans la salle du restaurant, elle était venue sans le prévenir, elle avait demandé au maître d'hôtel si on pouvait « rencontrer les cuistots ». Il se souvenait ensuite du minibus sur la petite route en pente avec des lacets vers Lyon et comment les freins avaient lâché et comment le véhicule avait chuté dans un ravin, c'était en hiver, la nuit, la neige n'avait pas tout amorti. Il était le seul survivant.

Il revoyait des femmes en blanc, penchées vers lui, visages flous, puis visages nets. Des voix voilées, puis des voix claires. C'est un miracle. Vous sortez d'un coma de six mois. À l'hôpital, quand il avait recouvré toutes ses facultés, il s'en était découvert une nouvelle. Il parlait et on l'écoutait avec ravissement. Surtout, il savait faire parler. Il subjuguait les autres patients, lors des séances de rééducation. Il fascinait les infirmières, les internes et certains professeurs aimaient s'arrêter auprès de son lit pour l'écouter, dialoguer, répondre à ses questions. Car il savait obtenir réponse à toute question. C'était comme si, pendant la longue plongée dans le vide absolu — il n'avait eu aucune conscience, aucun rêve, aucun cauchemar, le coma avait été profond, impénétrable —, on lui avait offert un don nouveau, on avait mis au jour un talent jusqu'ici ignoré.

Il éprouvait un plaisir inouï à interroger et explorer la vie de chacun. L'établissement, tout récent, outillé de façon moderne, avait installé son propre circuit interne de télévision. Et il avait bientôt pris possession du petit studio supervisé par un technicien et s'était approprié une heure, l'après-midi, au cours de laquelle il invitait celles ou ceux, membres du personnel ou convalescents qui l'acceptaient, à parler d'eux-mêmes. Il parvenait à extraire de chacune et chacun une vérité, à dénicher un récit, à obtenir un moment d'existence qu'il analysait avec son invité. D'une heure on était passé à deux, puis à trois, et la densité et le contenu de cette émission interne, à l'usage exclusif de l'hôpital, avaient rapidement dépassé le circuit clos de ce même hôpital. Alerté par la rumeur, le correspondant local d'une chaîne nationale avait écouté et remarqué le jeune homme et lui avait offert un stage dans la station régionale, lorsqu'il sortirait, tout à fait rétabli.

C'était ainsi qu'il avait entamé son long chemin vers le statut d'étoile à Paris.

Ç'avait pris à peine huit années. Étape par étape, province après province, échecs et réussites, travaux à l'ombre des petites notoriétés locales, rencontres décisives, trahisons et alliances, coups d'éclat et coups d'audace, jusqu'à la confirmation de son talent, l'imposition de sa personnalité, l'organisation de son système, les conquêtes successives de territoires, les prises de pouvoir, la manifestation de son unicité. L'exercice du pouvoir. L'argent. L'expansion et, avec l'accroissement permanent de sa célébrité et sa puissance, l'exacerbation de tous ses défauts, ses particularités, ses autodéfenses. Il s'était durci, cadenassé, on ne savait presque rien de lui. Sa vie privée demeurait un mystère.

On pourrait jouer avec une théorie selon laquelle l'absence de toute vie affective l'avait aidé dans sa marche triomphale. Ses confrères et consœurs avaient aimé, épousé, enfanté, divorcé, liaisonné, réenfanté, pensionalimenté, pleuré et ri, perdu parents ou amis, la vie leur avait proposé un nombre suffisant de freins et d'épreuves, autant que de joies et de surprises, de bonheurs éphémères ou de deuils inattendus. Après tout, ils ou elles avaient beau apparaître sur les écrans de télé ou dans les pages des magazines, ils étaient des humains, ils étaient comme tout le monde, ils avaient des vies, ils connaissaient des hauts et des bas, des secousses. Marcus Marcus, indifférent à toute émotion, avait pu concentrer son entière énergie, faire le don total de son adrénaline, son endomorphine, son éperdue fringale de reconnaissance, à la seule construction de sa conquête, l'unique établissement de son empire. À ce titre, il était une sorte de monstre.

Marcus Marcus avait su tout éviter : la folie de la cocaïne, quand elle s'était répandue dans les couloirs des studios pendant les années 80 ; la jouissance de la gloriole ; la répétitivité des formats et formules ; les pièges et intrigues des grands changements d'actionnaires ou de propriétaires. Il avait survécu au fameux mouvement brownien de cet univers qui peut vous entraîner dans une spirale et vous faire chuter. Le grand homme avait traversé des forêts et des jungles, machette à la main, coupant ce qu'il fallait sur le passage, mais il n'y avait aucun mystère puisqu'il n'avait aucune vie privée, en vérité. Dans la solitude de sa réussite, une phrase lui revenait comme une comptine d'enfance, toute bête et toute simple, qui trottait murmurante, parfois, dans ses nuits d'insomnie : « Ce serait bien quand même si, une fois dans ma vie... »

Il finit par s'endormir. Mais à 4 h 15 du matin, il se réveilla en sursaut. Il ressassait la loi de l'entropie dans sa tête et il lui rajoutait un corollaire : l'introduction de tout corps étranger dans un système déjà en désordre est un facteur supplémentaire de désordre. Margo était le « corps étranger ». Cette femme ne pouvait pas l'avoir attaqué comme ça, sans raison. Derrière toute attitude, tout comportement, il y a une explication, les choses ne sont pas spontanées — il faut aller à la source. « Pourquoi a-t-elle voulu autant me blesser ? Il faut que je trouve », pensait-il. Il songea à Mac Corquedale, le détective privé. Peut-être faudrait-il mettre Mac Corquedale sur la piste de cette fille. Il devait y avoir une raison.

6

— Un peu de pureté, je vous prie, un peu de
pureté.

Quand, après avoir été expulsée de la vie de Tom
Portman, elle partit se réfugier chez sa sœur aînée,
Caroline crut qu'elle allait sombrer dans une
dépression. Elle l'avait anticipée, puis elle la devina,
lorsque, dans le mini-van conduit par Medhi, elle
sentit quelque chose ronger ses côtes et son flanc
gauche. La chose grimpa ensuite dans sa poitrine,
désagréable, tenace comme les pattes d'une araignée en acier qui aurait tenté de l'enserrer dans sa
toile.

Elle eut un cri silencieux, pour elle-même.

« Tu ne vas pas te laisser avoir, pensa-t-elle Il ne
mérite pas ça, ce salaud. »

La colère, l'orgueil, et bien plus encore, cette res-
source intérieure qui sépare ceux qui en souffrent
de ceux qui la dominent allaient lui permettre
de chasser la dépression avant même qu'elle ne se
déclenche. Elle le savait, elle se le redisait en
cadence, son mantra reposait sur la conviction

qu'elle était plus forte, qu'elle n'était pas douée pour le malheur, la complaisance, la perte de l'estime de soi. Avoir traité Portman de « salaud » lui avait rendu du souffle, de la respiration. Elle sentait toujours la chose vivre en elle, mais elle comprimait ses deux mains sur le haut de son ventre et elle se répétait comme pour chasser l'envahisseur : « Ne te laisse pas aller, tu vaux mieux que ça. »

Tandis que le van roulait sur l'autoroute vers le domicile de sa sœur, ça s'atténuait, il lui semblait que la toile d'acier se distendait imperceptiblement. Alors, sa confiance décuplait. Quand elle pensait à tous les conseils qu'on avait pu lui prodiguer dans sa jeunesse, avec la phrase routinière : « Ton orgueil te perdra », elle en riait en silence. Chacun son orgueil. Le sien lui était devenu précieux. Bien loin de nous perdre, notre orgueil, pourvu qu'il ne se confonde pas avec la vanité et ne nous éloigne pas de l'acceptation de ce que nous sommes, constitue un puissant rempart contre l'abandon de la volonté, la perte du désir.

Caroline se voulait sauvée par son orgueil. Elle ne se soumettrait pas à la fatalité du désespoir, elle n'irait pas chercher cet abri parfois confortable qui consiste à tomber dans la dépression, le plaisir pervers de l'autoflagellation. Cependant, elle souffrait, maintenant qu'elle se trouvait debout, valises à ses pieds, sur le gravier de l'allée devant le perron de la maison de sa sœur, aux confins de Montfort-l'Amaury. Un court vertige l'avait même saisie, elle manqua de tomber, elle se redressa, armant son sourire pour faire face à ce qui l'attendait :

— Qu'est-ce qu'il t'arrive encore, avait dit sa sœur, lorsqu'elle l'avait appelée depuis son portable, à peine sortie du loft de Tom.

— Tu peux m'héberger pendant quelques jours ?

— Bien sûr, ma chérie, à partir de quand ?

— À partir de tout de suite, je n'ai pas encore trouvé un endroit où me poser.

— Qu'est-ce qui t'arrive ? Tu quittes Portman ?

Béatrice, comme le reste de sa famille, n'avait jamais appelé le nouvel homme dans la vie de sa sœur par son prénom. Pour les frères et les sœurs Soglio, qui avaient été surpris, voire choqués, par la foucade sentimentale de Caroline, le prince de la production cinématographique n'avait été identifié que sous ce vocable : « Portman ». Ils parlaient de lui comme d'une marque d'automobile ou de parfum. Caroline n'avait fait aucun effort pour les rapprocher les uns des autres. Il y avait eu quelques rencontres, on l'avait trouvé « étonnamment séduisant, de la dynamo, un type exceptionnel », mais on en était resté là. Tom, de son côté, avait résumé sans prendre de précaution :

— Parfaits produits de la bourgeoisie de province montés à Paris. La vraie France. Je n'ai rien appris.

Caroline avait préféré ne pas réagir. Aujourd'hui, à la question posée par sa sœur, elle disait :

— C'est fini entre nous. Je te raconterai.

— Je t'attends. Quand ils sont passés l'autre jour, les enfants ont fini par m'aider à déblayer la grande salle de télé du grenier, je t'installerai là-haut. Tu me raconteras.

Elle composa son visage. Elle respira une, deux, trois fois expira de la même manière, profondément et bruyamment. Béatrice lui ouvrit la porte et lui tendit les bras. Béatrice souriait.

À la vue de ce sourire, dans lequel elle croyait lire aussi bien l'affection solidaire que la curiosité déguisée, l'amorce d'un jugement et cette supériorité inexprimée mais latente de celle qu'on appellerait toujours la « grande sœur », Caroline sut qu'elle allait lui mentir. Elle n'avait pas encore retrouvé assez d'énergie pour livrer la vérité crue et cruelle, son humiliation et sa stupéfaction. Elle tronquerait son récit. Elle enjoliverait. Elle transformerait. D'autant qu'elle redoutait la perspective qu'à un tournant ou à un autre de son « je te raconterai », qui était le prix à payer pour être admise chez Béatrice, elle entende Béatrice prononcer la phrase que Caroline détestait entre toutes :

— Je te l'avais bien dit.

Elle abhorrait cette attitude, ce passe-temps français de celles ou ceux qui, enclins à une forme de pessimisme non déclaré, annoncent défaites et catastrophes, les petites cassandres de la vie quotidienne, emmitouflées dans leur refus du dérangement et de la transgression, adversaires de tout risque et, a fortiori, de toute création, tout changement et qui, lorsque survient en effet l'accroc ou la rupture — puisque nos vies sont faites de cela — vous assènent avec la satisfaction placide du gros mangeur à la fin d'un copieux repas :

— Je vous l'avais bien dit.

Les « je vous l'avais bien dit » appartiennent à une espèce particulière que l'on peut rapprocher d'une autre race, les « c'est plus comme avant » qui, eux-mêmes, sont les cousins des « on ne l'a jamais fait », et des « ça ne marchera jamais ». Viennent ensuite les « faut tout de même pas exagérer », eux-mêmes cousins des « je ne veux pas me mêler de ce qui ne me regarde pas mais », et à rapprocher enfin de la secte suprême des « puisque je vous dis que c'est vrai ! ».

Caroline s'était trompée du tout au tout. Elle avait sous-estimé la finesse et la générosité de Béatrice. Lorsque celle-ci eut ouvert la porte et reconnu sur le visage de sa sœur les signes d'un chagrin difficilement contenu, d'une défiance, de l'amour-propre blessé et de la peur de son jugement, elle ne posa aucune question et accueillit Caroline comme si celle-ci était venue prendre le thé, telle une voisine qui profiterait d'un après-midi de congé pour bavarder.

Sa prévention, sa décision n'avaient plus de raison d'être. Ses préjugés avaient été balayés par l'intuition de Béatrice. De tous les enfants Soglio, l'aînée était sans doute celle dont les actions et les choix avaient été le plus dictés par l'instinct, par une compréhension naturelle de la vie. Elle possédait cette forme d'intelligence qu'a définie Dostoïevski et qui consiste à « savoir qu'une lampe est une lampe ». Elle installa sa sœur en toute tranquillité, laissant à Caroline le soin de décider quand elle serait capable de tout livrer, étaler la viande rouge sur l'étal du boucher, s'exprimer sans artifices. Les fils d'acier de l'araignée s'étaient lentement détachés de la poitrine de Caroline, mais elle sentait qu'elle avait frôlé le trou noir. Elle n'excluait pas le resurgissement de la bête. La présence de ce danger, ajoutée à l'expérience de l'instant où tout aurait pu basculer, l'avait modifiée. Elle était en mesure d'analyser ce que, dans son orgueil, elle définissait pour sa sœur comme un échec.

— Tu fais erreur, disait Béatrice. Ce n'est pas un échec. On passe sa vie à ne pas voir qui sont ceux que l'on croit aimer.

— Mais je l'ai aimé.

— Et alors ? Est-ce que tu ne t'es pas seulement demandé si tu n'avais pas plutôt aimé, avec et grâce à lui, sortir définitivement de ta morale petite-bourgeoise, de tes inhibitions ? Tu as aimé qu'il te révèle à toi-même, dans ta sensualité autant que tes impulsions et tes ambitions. Ce que tu appelles ton échec n'est qu'un révélateur de plus. Tu en sais aujourd'hui encore plus sur toi-même qu'hier.

— Oh, oh, doucement, la psy ! Doucement. Ne me chante pas la chanson des bienfaits de l'échec.

— Je ne te chante rien, ma grande, c'est comme ça. Tu devrais remercier le ciel, la Providence.

— Tu veux peut-être que je remercie Tom, tant qu'on y est.

— Portman ? Non, mais tu pourrais envoyer des fleurs à, comment la surnomme-t-il ? « L'Égyptienne » ? Tu devrais lui envoyer un bouquet de glaïeuls avec une carte du genre : « Merci de m'avoir permis de comprendre ce que c'est qu'un lâche. »

— Oui, pas terrible…

— T'as raison. La carte devrait être plus elliptique. Genre : « Détruisez-le jusqu'au bout. Il ne l'aura pas volé. »

— Arrête, ça va finir par me faire rire.

— Si on en rit, alors c'est qu'on a gagné.

Bientôt, elles cessèrent de parler, unies dans la

même intimité, la complicité des plaisirs communs d'autrefois : les jours longs au bord de la Gironde ; les feux de la Saint-Jean ; les huîtres du bassin d'Arcachon ; l'événement régulier des vendanges ; la traditionnelle virée familiale à San Sebastián ; les figures aimantes et presque trop exemplaires du père et de la mère ; les premiers garçons qui vous attendent à la sortie du collège ; l'océan déchaîné devant l'immense plage vide d'Huchet ; les livres chez le libraire Mollat ; dans le ciel un halo de lumière rose et rouge vu depuis le pont de Pierre ; des nuits de guitare et de flirts à Saint-Jean-de-Luz ou Hossegor ; le goût perdu du cannelé et du Lillet ; les premiers départs pour Paris avec l'arrivée en gare d'Austerlitz, puis ce fut la gare d'Orléans, les bancs de la fac ; toute cette enfance et cette adolescence tellement protégées que, plus tard, parmi les frères et sœurs, certains et certaines avaient connu des fortunes diverses, des difficultés pour s'installer dans l'existence et rencontrer la compétition, l'agression, l'envie, la jalousie, les erreurs et les vicissitudes de compagnonnages successifs, les accidents professionnels, les épreuves de santé, les suicides des amis, les mariages ratés, trop rapides, les amants qu'on n'a pas eus… Leur faiblesse et leur force, tout provenait de ce passé privilégié.

— Qu'est-ce que tu vas faire ?

— Je ne sais pas, je vais prendre des contacts, je vais voir.

— Dans le cinéma, toujours ?

— Ah non, ça, j'aurais vraiment trop de mal. Le cinéma, plus jamais.

— Mais non, tu dis ça, mais tu aimes ça, tu y reviendras. Tu y as excellé !

Caroline l'interrompit.

— Et toi, parle-moi de toi. Comment va Emmanuel ?

Elle crut que sa sœur ne lui répondrait pas, tant Béatrice semblait attendre, semblait chercher à maîtriser une sorte de tremblement de tout son corps. Puis, sa sœur finit par parler.

— Ça ne va pas du tout, tu sais. Il lui reste encore un peu d'humour. Il dit : « Mon ralentissement s'accélère. » Je lui rends visite demain vers midi. Tu m'accompagneras ?

— Bien sûr.

— C'est pas marrant à voir, tu sais. Il n'y a plus d'espoir.

— Je t'accompagnerai, Béa.

Elle perçut alors dans la voix de Béatrice une note aiguë, un ton à peine caché de reproche, une parcelle d'amertume.

— Est-ce que tu te rends compte, Caroline, que c'est la première fois que tu me parles de moi et de ma vie ?

D'un geste affectueux de la main vers Caroline, Béatrice voulut atténuer sa critique. Mais il restait du silex dans la voix et le désir d'une confrontation apparaissait soudain sur son visage. Le menton carré, la lèvre amincie.

— Il faut être en très bonne santé pour s'intéresser à quelqu'un d'autre qu'à soi-même. Ça doit vouloir dire que tu es déjà guérie.

Caroline, vive :

— Mais je n'ai jamais été malade.

Béatrice, encore plus vive :

— Ben voyons, c'est pas pour ça que tu m'as appelée au secours. Effectivement, t'es pas malade, t'avais simplement pas d'endroit où dormir, c'est ça?

La connivence des souvenirs avait disparu comme ça, avec le bruit d'un ballon qui se dégonfle en sifflant, pffffffttt... Il ne restait plus, face à face, que deux femmes aux frontières verbales — l'une, soudain embarrassée par sa culpabilité, l'autre, la grande sœur, toute nue devant la mort prochaine de son mari qu'elle avait eu le courage de ne jamais évoquer tandis qu'il avait fallu recueillir un récit bien banal, tout compte fait. Après tout, il ne s'agissait que d'un mec qui lourde une fille — alors qu'Emmanuel était en train de mourir d'une leucémie. Elle avait recueilli ce récit, finalement trivial, voire vulgaire, sans jamais mettre en avant le calvaire quotidien qu'elle vivait. Comme elle était la plus résistante des deux, Béatrice écarta le nuage en train de se former. Ses traits se radoucirent. Elle voulut sourire :

— Excuse-moi. J'ai lu quelque part que la mère de Bill Clinton, trois fois mariée, quotidiennement battue par un mari alcoolique — et alcoolique elle-même —, avait posé une pancarte dans la minuscule cuisine, face au siège sur lequel le petit Bill, dix ans, venait s'asseoir pour manger son maigre breakfast. Il paraît qu'il s'est toujours souvenu de l'inscription sur la pancarte. Elle disait : « Mon Dieu, aide-moi à me souvenir qu'il n'y a rien de ce qui va m'arriver aujourd'hui que je ne puisse gérer. »

Puis Béatrice se tut, épuisée, une barre de lassitude s'imposant sur ses épaules. Son buste s'était affaissé. Son âge, tout d'un coup, prenait possession d'elle. À la commissure de ses lèvres apparaissait la tristesse du malheur accepté. Si nous pouvions, ne serait-ce qu'une fois par jour, regarder clairement la douleur des autres, la petitesse de nos propres affaires prendrait la forme d'un tas de brindilles posé sur un banc de pierres grises dans un jardin d'automne. Sœurs entre elles : les deux femmes s'enlacèrent en silence. Et c'est ainsi que Caroline Soglio put échapper à tout risque d'une quelconque dépression nerveuse.

— Lequel d'entre vous, dans cette brillante assemblée, peut me donner comme ça, sans réfléchir, le nom du superbe critique de théâtre interprété par George Sanders dans *All about Eve*, et le non moins prodigieux patronyme du chroniqueur homosexuel interprété par Clifton Webb dans *Laura*?

Le jeune homme étincelait, l'œil allumé, la chevelure blonde peroxydée en bataille, la main virevoltante, on aurait pu craindre que sa fourchette, qu'il maniait comme un chef d'orchestre, ne s'envole pour atterrir dans une assiette de risotto à l'autre bout d'une des grandes tables rondes disposées à travers les pièces des Gretzki, Véronique et Samuel — des pièces ouvertes l'une sur l'autre, si bien que l'on pouvait, selon le volume sonore, souvent capter ce qui se disait aux tables voisines.

— Ça suffit, Mickey, avec ta cinéphilimania. Passons à autre chose. Y en a marre de ton ciné quizz.

Les Gretzki avaient toujours été très attentifs à la nature des invités de leur dîner du mardi. En bons connaisseurs de la vie à Paris, ils savaient panacher. Pour réussir leur soirée, il fallait qu'elle eût l'air un peu désordonnée, fourre-tout, y a n'importe qui chez Sam et Véro, c'est le bordel — mais que, en réalité, ce désordre ait un sens, qu'il soit organisé, qu'il reflète la multiplicité de leurs amis et relations et ne se limite pas au strict univers de leur métier — le cinéma —, qu'on y trouve de quoi « faire son persil » : du show-biz, de la mode, de la politique, du média, de la finance, pourquoi pas de la médecine, bien évidemment de l'édition et de la littérature — et puis de la zone grise, aussi, des gens dont on ne savait jamais très bien ce qu'ils faisaient ni comment ils gagnaient de quoi payer l'Audemars Piguet tourbillon serti d'or rose et de diamants qu'ils venaient de mettre au poignet de leurs bimbotoxinettes venues de Moscou et récupérées à Courchevel.

— Tu me dis ça parce que tu sais pas, mon Bernie chéri, mon petit Belge adoré, parce que tu manques de culture, or la vraie culture, aujourd'hui, c'est la cinéphilie. Il est tout aussi vital de savoir qui est le chef opérateur de *Pendez-moi haut et court* que de pouvoir réciter le *Bateau ivre*, mon petit Bernie !

La structure des invités devait aussi être transgénérationnelle. Aux couples d'installés, établis et notoires, parfois âgés, mais dont le palmarès et l'influence expliquaient la présence, les Gretzki rajoutaient des couches plus jeunes, découvertes et révélations, succès de saison ou promesses de longue durée. Des petits génies comme Mickey Ramos, scénariste recherché, animateur intermittent de plateaux télé (« À lui seul, il fait exploser l'audimat ») dont la joute verbale avec Bernie Van Haselberg, créateur de logos et enseignes pour sites de mode et d'accessoires de luxe, animait la table n° 3, l'une des plus recherchées, installée au centre d'une des deux grandes pièces.

— Mickey, on s'en fout de ton truc.

— C'est parce que tu ne sais pas. Alors, tais-toi. Celui qui sait doit parler, contrairement à l'adage bouddhiste. Celui qui sait pas, il se tait.

— Merci, mon chéri, moi aussi je love you.

Les Gretzki n'établissaient aucune règle de conduite, à l'exception d'une seule. On pouvait fumer autant que l'on voulait, on pouvait, à condition que ce ne fût pas trop voyant, fallait tout de même pas le faire en plein repas, y avait les toilettes pour ça, sniffer un peu de farine — et Mickey ne s'en privait pas, au point que Lucien Tarnagar, le banquier suisse, avait murmuré : « S'il se lève aussi souvent, celui-là, pour aller aux toilettes, c'est ou la prostate ou la coco et, compte tenu de son âge, je pencherais plutôt pour la neige » —, on pouvait naturellement s'accoutrer comme on le souhaitait — « La cravate, c'est fini, c'est mort, c'est le XXᵉ siècle, c'est autrefois. — Tu te trompes, c'est cyclique, ça reviendra, dénouée sur col ouvert, mais ça reviendra » —, en revanche il était interdit d'utiliser son Blackberry, son portable, son Iphone. Interdit ! Sam et Véro avaient même suggéré qu'on laisse les appareils au vestiaire — comme les cow-boys déposaient leurs colts à l'entrée du saloon —, mais les modalités d'application étaient compliquées, on aurait pu confondre — vous imaginez le dir cab du ministre empruntant le portable d'un député de l'opposition ? D'une manière générale, les invités s'étaient pliés à cette règle — même si on avait connu des manquements.

Il y avait une autre règle, et les Gretzki ne savaient plus s'il était possible de la faire encore respecter : on est en « off », on ne rapporte à l'extérieur aucun des propos qui ont pu être échangés — on ne se rue pas sur son blog pour, à peine sorti de la rue de La Planche, informer en désinformant, grossir et exagérer, tromper et truquer, mais buzzer, pour l'amour de Dieu ! Buzzer !.. Les Gretzki admettaient que cette règle était devenue inapplicable. Finalement, ils ne s'en plaignaient pas puisque le fruit — même avarié — qui serait servi dans Paris et sur la Toile à partir de leur dîner ne ferait qu'en rehausser l'importance, ne ferait qu'aviver le désir « d'en être », la vanité d'y avoir participé.

— Nous sommes entrés dans une période d'immense incertitude, et c'est sans doute cela qui la rend aussi passionnante.

Les conversations ne se limitaient pas à quelques passes d'armes entre deux jeunes gens brillants habités par le souci de plaire et la simple jouissance de rire et se moquer, jouer la comédie. C'était une des fiertés de Sam et Véro : « faire avancer ». Mais avancer quoi ? Peu importait, pourvu que, le lendemain, ils aient reçu un ou deux appels — point n'était besoin qu'ils fussent nombreux tant qu'ils provenaient de gens respectables : « Dites donc, hier soir, j'ai entendu un type vraiment intéressant chez vous. »

Par exemple, Dominique Schneider, à la table n° 2, un essayiste, maître de conférences à l'IEP ; Helena Lacroix, responsable du meilleur *team* de